KB158226

괜찮은 척 살아가는 거지
괜찮은 사람은 없다

# 괜찮은 척 살아가는 거지
# 괜찮은 사람은 없다

정숙자 수필집

學而思 | 학이사

## 책을 내며

"잘 지내고 있니?"

지인들의 안부에 선뜻 대답하지 못한다. 그냥 숨을 쉬고 살아 있을 뿐 잘 지내고 있는 것은 아니다. 갱년기라는 시절이 원인이라고 스스로 진단하고 그 깊은 늪에서 빠져나오기 위해 혼자 무던히 노력하고 있다. 노력의 시간에도 불구하고 좀처럼 나아지지 않음에 더욱 깊어진 늪은, 내가 살아온 삶의 진정성을 오해하게 만든다.

그러던 중 명상수업을 하면서-나를 찾아가는 놀이-용기 내어 이 책을 세상 밖으로 보내기로 결심했다. 많은 날의 우울과 낮은 열정이 나를 삼켜버리기 전에 적어도 내 인생에 한 번 소리를 질러봐야겠다는 오기가 생겼다.

그럴 때마다 글 하나하나를 쓰고, 오랫동안 묻어 둔 비밀 같은 글을 세상에 출가시키기로 했다. 이것이 옳고 그름의 문제인지는 잘 모르겠지만 아직도 살아서 무엇인가를 하고 있음을 인지하고 싶었던 것 같다.

이 책을 내면서 분주했던 나의 과거를 만났고, 여전히 이유 모르게 바쁜 현재를 보면서 진정으로 나를 돌아볼 기회를 가졌다. 그로 인해 오늘의 삶을 긍정하고 용기를 내어 살아 준 나에게 감사하고 사랑하는 마음이 생겼다.

한 뼘의 용기와 세 걸음의 주저함과 갱년기의 무모함이 합쳐서 이 책을 내게 되었으며, 그 주저함과 부끄러움의 크기를 이겨낼 수 있도록 늘 격려를 보태준 가족과 선한 인연들에 무한한 감사를 드린다.

2023년

정숙자

차례

# 1부

## 차를
## 나르는
## 아이

# 여자라서
# 행복한 차를 마신다

이른 아침부터 분주하게 서둘러 희미한 어둠을 뚫고서 집을 나선다. 오늘은 차 학회 행사가 있어 전업주부인 나의 공식적인 외출이다. 지식의 장을 넓히고 견해의 차이를 인정하면서 같은 공부를 하고 있는 삶들을 만나는 자리이다. 물론 내가 기억하는 지식은 유한하지만 오늘만은 알차고 보람되게 보냈다는 마음의 충만함은 무한하다. 벅찬 마음으로 학회를 마치고 사람들 틈을 벗어나 공항으로 들어간다. 무수한 사람들이 분주하게 움직인다. 물론 그 속에 나도 있다. 멀리서 손을 흔들어 자신의 존재를 알리는 사람 곁으로 유유히 다가가 손을 잡는다. 수줍게 맞잡은 손이 인간적이라 아주 좋았다. 언제든 떠날 수 있는 공항의 한 모퉁이에서 나의 과거와 그의 현재와 그의 미래를 함께할 수 있는 여유가 생겨 따뜻한 차 한 잔을 마주하고 앉는다. 이른 아침부터 나름 바쁜 움직임과 겨울바람으로 인해 헝클어진 긴 머리카락을 말없이 손가락으로 감아 귀 뒤로 넘겨주는 그를 본다. 나이와 더불어 감정도 나이를 먹어 무뎌진다고 했는데 오늘은 그렇지 않음이 좋다. "엄마 공부하는 모습이 멋져!"라고 말해주는 그를 보면서, 나는 아직 약간의 열정이 살아 움직이고 있는 여자이고 엄마라서 행복을 느낀다.

## 친구 같은 딸,
## 나의 보석

첫아이가 딸이라는 사실을 알고는 화가 난 사람들이 있었다. 내가 낳은 딸인데 지네들이 뭐라고 기분이 나쁘고 서운한지, 이해가 되지 않았고 이해하려고 노력도 하지 않았다. 둘째 딸을 낳고도 분위기는 더욱 좋지 않았다. 그래도 아무렇지 않았다. 어차피 내 몫이고 나의 딸이기 때문에 그들의 기분 따위는 안중에도 없었다. 단지 그들이 내 마음의 한구석에서 밀려나와 애증의 대상이 되었을 뿐이었다. 난 젊었고 그들은 나이가 많았을 뿐이었는데 난 조금도 미안하지 않았다. 내 의지만 있다면 아들은 낳으면 되니까…. 그들의 기다림이 없는 것에 대해, 배려가 없는 것에 대해 그것을 무지로 돌려버렸다. 그런데 지금 난 그 딸아이들을 통해 내 인생을 다시 살고 있는 느낌이다. 나를 가장 많이 닮은 DNA와 나를 가장 잘 이해하는 여성이라는 것과 동시대를 살고 있는 동질감으로 인해 이들은 오로지 내 편이다. 이해심 많은 딸들은 친구 같은 존재다. 내 생각의 틀에 갇혀 판단이 흐려지고 감정선을 다스리지 못할 때 딸아이는 긍정적인 길로 나를 데리고 나간다. 갱년기로 우울해서 아무 말이나 막 던져 말로써 악업을 짓고 있을 때도 아이들은 두청이라 말한다. "엄마, 두 번째 청춘 즐겁고 행복하게 지내."라고 말하면서 손을 꼭 잡아준다. 그리고 부른다. '두청인 엄마 자야', 친구처럼 불러주는 이름이 싫지 않다. 남편은 버릇없이 엄마 이름을 부른다고 혹 야단을 하지만 그렇게 불러주는 아이의 마음을 너무 잘 알고 있어 고맙게 느껴진다. 우리는 구구절절한 이야기를 할 필요도 없다. 몇 마디 말과 얼굴 표정을 보면 다 안다. 언제나 친구처럼 있을 딸아이들에게 사랑한다는 말을 전한다.

## 인간은 누구나
## 늘 외롭다

아이가 전화를 걸어 '엄마 나 외로워!'라고 말을 하면 난 언제나 말한다. 사람은 누구나 늘 외롭다고 말이다. 난 알고 있다. 아이가 원하는 대답을. 하지만 단 한 번도 아이가 원하는 대답을 하지 않았다. 왜냐하면 혹 아이가 그 외로움에 지쳐서 더 큰 고통의 틈바구니 사이에 끼일지 모른다는 염려 때문이었다. 그리고 늘 끝 대답은 "엄마도 외롭다."였다. 엄마들의 고질적인 병이 나에게도 존재한다. 아이들에게 일어나지도 않을 일을 미리 걱정하여 아이를 더 힘들게 하는 일…. 하지만 내일 아이는 또 말할 것이다. "엄마 나 외로워." 그러면 또 어제와 같은 대답으로 아이의 외로움을 모른 척할 것이다.

# 축구의 룰은 중요하지 않다

겨울이라 칼바람이 분다. 살갗에 부딪치면 금방이라도 피부 한 조각이 떨어져 나갈 것 같은 기세로 몰아치는 바람을 내가 사랑하는 사람은 오롯이 몸으로 막아내고 있다. 축구선수인 그 사람은 얇은 축구복을 입고 운동장을 가로질러 뛰어다니고 있다. 난 경기 중에도 연습 중에도 축구 룰 따위는 관심도 없다. 그 사람이 태클에 걸려 넘어져 일어서지 못하면 마음은 안절부절 자리를 잡지 못하고 서성이고, 잘해서 골이라도 넣으면 세상을 얻은 것처럼 기쁘다. 그의 기쁨이 곧 나의 기쁨이 된다. 그런데 룰이 무슨 의미가 있는지 아직도 모르겠다. 룰을 아는 엄마들은 어느새 코치가 되고 감독이 되어 엄마의 모습은 없다. 그래서 더욱 룰을 알 필요가 없다고 생각하는 것이다. 그것은 나의 아들이 축구 룰보다 더 소중하고 값진 의미가 있기 때문이다.

## 친구의 전화가 나를 달리게 한다

친구에게 전화가 왔다. 금요일 저녁 6시에 회를 먹으러 오라고 한다. 가족 모두 초대를 받았지만 딸만 데리고 그의 공방을 찾았다. 공방은 사람들로 채워져 온정으로 추위를 막아내고 있었다. 그래도 겨울바람은 휘이휘이 사람 사이를 밀치고 들어왔다. 친구는 열심히 회 접시를 나르고, 친구의 남편은 능숙한 셰프처럼 칼놀림이 아주 자연스럽게 생선을 썰고 있었다. 정말 행복한 그림이었다. 방긋 웃는 친구의 얼굴이 함박꽃 같다. 우리는 자주 만나기도 하고 가끔 얼굴을 보기도 한다. 단 한 번도 자주 만나지 못함에 어색했던 적이 없었다. 아마 이런 모습이 친구가 아닌가 싶다. 하나씩 늘어가는 주름을 쉽게 찾아낼 수 있고 아이들의 성장을 함께 볼 수 있었고, 갱년기도 함께하고 있다. 오늘도 친구의 전화에 달려갈 준비를 하고 있다.

## 언제쯤 사랑에 관대해질 수 있을까?

살면서 몇 번이나 사랑한다는 말을 했을까? 오늘은 내 사랑에 대해 생각에 잠긴다. 오디오에서 들리는 이루마의 피아노곡이 숨겨진 감정선을 건드린다. 나는 사랑이 장대하거나 존엄해야 한다고 생각하는 사람이다. 사랑한다는 말은 그 사람을 위해 전 생애를 걸어야 하고 나아가 목숨까지 걸어야 한다는 것을 강조하며 사랑에 대해서 거리를 두고 있었다. 물론 아이들은 위 사항에서 단 한 번도 벗어난 적이 없기에 그들은 늘 사랑한다. 사랑이라는 감정이 이끄는 대로 가지 않고 이성에 의지했다. 사랑에 관대했더라면 내 삶이 더욱 풍요롭지 않았을까 하고 후회를 하곤 했다. 하지만 여전히 사랑을 모시고 살고 있다. 옆에 함께 걸어가는 사랑이 아니라 기억에 두고 간직하는 사랑, 아니면 아직도 시작도 해 보지 못한 순진한 사랑으로 사랑을 사랑하고 있다.

## 검둥개,
## 산이가 뛰어오고 있다

멀리서 차 소리가 나면 산이는 언제나 반가운 소리를 낸다. 하울링을 하며 반갑게 맞이한다. 차에서 내리면서 "산아." 하고 부르면 뭉쳐진 꼬리를 태극기가 바람에 날리는 것처럼 흔들며 빠른 속도로 달려온다. 그 모습이 예뻐 또 이름을 부르면 금방이라도 목줄을 끊어내고 달려올 기세다. 산이는 우리 집에서 태어나 자랐다. 어린 강아지였을 때는 딸아이가 방에서 잠시 키운 적도 있었다. 지금은 잘 자라서 어른 개가 되었다. 운동을 갈 때면 늘 옆에 데리고 다닌다. 나를 무언가로부터 지켜줄 것이라는 믿음으로 말이다. 그 믿음에 대한 보답이라도 하듯 산이는 내 옆을 잠시도 떠나지 않는다. 아마 서로에게 의지하는 관계인가 보다. 의리 없고 뒷담화를 일삼는 사람보다 낫다. 오직 내 편에 서있는 산이는 오늘도 이름만 불러주면 달려온다.

## 짐 챙기기

나는 아마 전생에 봇짐장수였을 가능성이 크다. 내가 짐을 챙기는 일이 다반사가 된 것은 대학 졸업 후 그때부터였다. 내가 입사하고 한 일은 필요한 물품을 고속버스 편으로 받아서 병원에 납품하고 병원에서 온 품목을 다시 본사에 보내는 것이었다. 그러니 박스 포장은 거의 일상적으로 일어났다. 그러는 시간과 더불어 아이들이 유학 생활을 하게 되어 또 짐을 챙기는 일이 너무나 흔한 일이 되었다. 나는 짐을 싸고 풀기를 되풀이했다. 이삿짐도 역시 나의 몫이었다. 한 번도 누구에게 부탁하지 않았고 오로지 혼자서 했다. 그때는 서로가 바빴고 그런 이유로 기대도 하지 않았다. 여전히 나는 짐을 싼다. 예전처럼 자주는 아니지만 그래도 가방을 챙겨서 떠날 준비를 하고 아이들에게 택배를 보낼 짐을 또 챙기고 있다.

## 고구마,
## 추억이 살아난다

찜질방에 불을 넣기 위해서는 기계의 도움을 받아야 한다. 한동안 가스에 불을 켜는 일이 두려워 남편에게 부탁을 하였다. 쉬운 일이라며 가르쳐 주었지만 그 일을 하고 싶지 않았다. 몇 년 전에 화상을 심하게 입은 탓도 있지만 나도 못하는 일이 있어야 된다는 생각이 컸다. 성격상 부탁을 하고 기다리는 그 시간이 싫어서 대부분은 내 손으로 처리한다. 그러는 사이 몸만 힘들어지고 여성성은 슬그머니 내게서 멀어져 있었다. 몸이 아프다고 소리치고 나서야 깨닫게 되었다. 못하는 일이 많아야 세상 살기 편하다는 사실을. 물론 지금은 늦기는 했지만 더 이상 모든 것을 나 혼자 하려는 로봇 태권브이 같은 생각은 버리려고 한다. 생각만 버렸지 오늘도 일회용 가스 라이터를 당겨 장작불을 피우고 있다. 장작 타는 냄새와 함께 벌겋게 남은 숯의 기운을 느끼면서 고구마를 호일에 싸서 아궁이 속으로 던져 넣는다. 언제 익을지 모르지만 기다리는 시간에 뜨거운 바닥에 등을 대고 누워본다. 몇 번씩 고구마를 확인한다. 고구마의 호일은 몇 번씩 벗겨지기를 되풀이하다가, 결국 하나는 불구덩이에 제 몸을 던져 다 타버리고 없다. 아쉬움에 겨우 하나를 건져 뜨거운 차와 함께 먹는다. 첫 아이 임신했을 때 입덧이 너무 심해서 아무것도 먹을 수 없었던 때에 거부감 없이 유일하게 먹을 수 있었던 것이 군고구마였다. 몇 달 동안 군고구마에 의지하고 살았다. 아이가 태어났을 때 정말 군고구마를 닮아 있었다. 피부도 시커멓고 얼굴은 넓적하고…. 이것이 군고구마의 폐해구나 하고 얼마나 후회를 했는지 모른다. 그런 고구마를 닮았던 아이는 정말 예쁜 아가씨로 자라 주었고, 군고구마같이 정이 넘치고 순수하고 예의 바르게 성장했다.

## 길에
## 공허함이 있다

내가 걸어온 길에는 평탄한 길, 굴곡진 길, 꽃길, 가시덤불이 가로막아 가지 못한 길, 강으로 통하는 길, 절벽을 만나서 어쩔 수 없이 되돌아왔던 길, 산짐승으로 인적이 드물어진 길 등 다양한 길이 존재했었다. 그중에 앞서서 산 이들이 지나간 아주 평탄하고 모범적인 길들을 애써 따라왔다. 그러므로 되돌아가는 수고를 덜었고 그나마 편한 길들을 두루 걸어왔다. 그런데 나이 오십이 훨씬 지난 지금에야 그 길이 내 길이었는지 의구심이 생긴다. 오히려 내 길은 하나도 없이 남의 길을 너무 주저 없이 잘 따라온 것 같은 느낌으로 공허하다는 생각이 든다. 남들이 심어놓은 예쁜 꽃을 내 것으로 오인하고 스쳐 지나간 일, 대나무 숲에 이는 바람 소리조차 내 것으로 알고 있었던 일, 아스팔트 위에 누워서 녹지 않고 쌓인 눈으로 동동거리던 길, 냇물이 찰랑거리는 소리를 내며 흐르던 길 등 함께했던 그 길이 전혀 나로 인해 혹은 나를 위해 존재했던 길이 아니었음을 이제야 깨닫게 된다. 아직 내가 걸어야 할 길이 남아있음은 축복이다. 공허하지 않은 나의 길을 걸어 보고 싶다. 막히면 돌아서 가고 나뭇가지가 무성하면 낙엽이 떨어져 자리를 내어 줄 때까지 시간을 들여 기다려 보고, 내가 좋아하는 꽃도 심어보고 불쑥 튀어나와 놀래키는 산돼지를 마주하면 당황도 하면서 내가 만든 순수한 길을 걸어서 나의 아이들이 훗날 엄마가 그리워지면 찾아오는 그런 길을 만들어 두고 싶다.

## 그 사람을
## 만나러 간다

새벽부터 외출 준비에도 피곤한 기색이 전혀 없이, 오히려 설레는 마음으로 얼굴빛까지 복숭아꽃처럼 밝아진다. 왕복 일고여덟 시간이 족히 걸리는 일정이다. 그 사람을 만나는 일에는 어떤 방해나 단 일 초의 망설임도 없다. 하늘도 청명해서 내 마음은 더욱 행복해진다. 그 긴 시간을 걸려 도착하면 나는 그 사람에게 오로지 집중한다. 그 사람은 오직 나만 알 수 있는 손 신호를 보낸다. 그것도 단 몇 초만. 그래도 서운하지 않다. 자리를 잡고 두 시간 동안 그 사람을 향한 시선은 한순간도 벗어나지 않는다. 그 사람이 관심을 주든 아니든 나는 전혀 불평하지 않는다. 두 시간이 지나고 나면 그 사람은 나에게 다가와 어깨를 두드려준다. 그러고는 서둘러 자리를 떠난다. 나는 그의 흔적이 남은 어깨를 살짝 바라보고는 다시 긴 시간의 운전을 위해 서둘러 출발한다.

휴대폰 카톡에 그 사람이 남긴 "조심해서 가고 도착하면 연락 줘." 그는 내가 사랑하는 아들이다. 축구선수로 있다. 아들이 하는 축구 경기를 보기 위해 일주일 중 하루는 운동장을 찾는다. 그 운동장이 어디에 있든. 아들이 경기하는 동안 다치지 않고 웃으며 운동장을 벗어나기를 바라며 오로지 아들만 지켜본다. 운동장에 넘어져 고통스러워하는 아들을 지켜보는 일이 쉽지는 않다. 그러다가 다시 일어나 있는 힘을 다해 운동장을 달릴 때는 놀란 가슴을 쓸어내린다. 혹 지는 경기 후에 머리를 숙이고 나오는 아들을 지켜볼 때면 가슴이 아프다. 자식이 아니면 아마 불평·불만으로 가득 차 스트레스를 풀지 못해 안달을 낼 것이다. 자식이라는 이유로 이 모든 것이 이해되는지 모르지만, 아마 앞으로 내가 살아있는 동안 늘 그 사람에게 집중할 것이다.

## 익숙함이 있는
## 그곳에 가고 싶다

시차를 적응할 사이도 없이 벌써 며칠을 보내고 오늘은 도저히 잠을 이기지 못하고 한참 동안이나 낮잠을 잤다. 깨어보니 아이는 아직 연습 중인지 옆에 없다. 이제는 내 나이가 깡으로도 버텨내지 못하는 것 같다. 마음은 아직 그렇지 않은데 말이다. 이런 생각에 이르게 되면 서글픔이 시차 적응이라는 문제와 함께 온다. 한낮에는 구름 한 점 없이 쨍쨍한 여름의 뙤약볕이었다가 오후가 되면 번개와 천둥을 동반한 비가 한 줄기 내려줘서 그런대로 견딜 만한 날씨다. 좋은 환경과 새로운 음식과 경험과 사랑하는 딸이 옆에 있지만 그래도 내가 살던 그곳에 가고 싶다. 물론 좋은 일과 편안하고 즐거운 일만 있었던 곳은 아니었지만 늘 마주하고 익숙한 사람들이 그리워지는 것은 아이러니한 일이다. 생각이 많아진다. 원래도 생각이 많은 사람인데, 여기서 더욱 심해지는 것은 마음의 여유로움이 주는 팁인 것 같다. 좋은 쪽의 생각이 많기를 바랄 뿐이다. 아이가 아직 운동을 하고 있는지 나가봐야겠다.

# 골목길을 함께 걸어보자

처음부터 그 골목길을 함께 걷기 위한 동행이 필요했음을 알고 있었다. 함께하는 그 골목길에는 행복과 웃음이 있을 것이며 오롯이 나를 위한 한 걸음 한 걸음이 될 것이다. 분명 사소한 말과 일로 마음이 상하는 일도 생길 것이다. 그것을 미리 짐작하고 상처받기 싫어서 인연을 밀어내는 바보 같은 짓을 하지 않으려고 한다. 이제는 새로운 길에서 또 다른 행복을 찾고 싶다. 혼자서 걷는 여유로운 길도 좋고 누군가의 소소한 이야기에 웃음을 지으며 함께해도 무방할 것 같다. 작은 것에게서 사랑을 느끼며 사람 냄새가 나는 그 골목을 늘 걷고 또 되돌아와서 다시 걸으며 세월 앞에 놓인 나이도 잊으며 그렇게 살아보고 싶다. 그렇다고 이전까지 나의 길이 불행한 것만도 아니었다. 그 길에는 상대만 있었지 내가 없었을 뿐이었다. 그 길도 결국에는 내가 선택해서 걸었던 길이 분명하다. 아이들을 우선에 두었던 것도 나의 선택이었고, 남편의 등 뒤로 숨게 한 것도 그 사람의 의지와는 상관없이 나의 결정이었다. 옆에 나란히 두기보다 언제나 적당한 거리를 두고 걷고 있었다. 둘이었지만 언제나 혼자인 것처럼 말이다. 이제는 혼자인 것에 너무 익숙해져서 둘이 함께 걷는 법을 모를 수도 있다. 언제 손을 내밀어서 잡아야 하는지 언제 눈을 맞추며 웃어야 하는지 언제 가슴을 찾아 안겨야 하는지도. 어린아이가 걸음을 불안하게 한 걸음 한 걸음 옮기는 것처럼 그렇게 골목길을 들어서야 한다는 것을 알고 있다. 그 길의 중간이나 끝은 알 수 없지만 분명 나를 위한 행복한 벤치 하나는 있으리라 믿으며, 간혹 그 의자에 기대어 쉬기도 하면서, 먼 산도 보고 해가 뜨고 지는 풍경도 보고 달 구경도 하면서 아주 천천히 여유롭게 그 길을 향해 행복하게 걷고 싶다.

# 이별은 익숙해지는 것이 아니다

우리는 의도하지 않게 이별을 하면서 산다. 어떠한 종류의 이별이든 즐거운 이별은 없다. 아침 일찍 일어나 떠나갈 아이를 위해 공항에 나간다. 아마 이런 종류의 이별이 시작된 것은 십 년하고도 몇 년을 더해야 할 것 같다. 달라진 것이 있다면 울음이 없다는 것이다. 깊은 포옹과 토닥거림이 있을 뿐 공항을 떠나갈 듯이 삼키는 울음은 이미 오래 전에 사라졌지만 대신 긴 한숨이 생겼다. 언제 끝날지 모르는 가족 간의 배웅은 일 년에 두 번 큰 행사처럼 치러진다. 여름방학과 겨울방학이 우리 가족이 모였다가 헤어지는 시기다. 각자의 자리나 역할로 인해 우리는 세 나라에 걸쳐 살고 있다. 우리 부부와 막내아들은 한국, 큰딸은 자신의 꿈을 위해 혼신의 힘을 다해 버티고 있는 미국, 둘째 딸은 수시로 치러지는 시험과 병원실습으로 늘 노력을 아끼지 않고 살아내고 있는 영국, 부러움의 대상이 아니라 가족이지만 우리는 늘 그립고 애달픈 관계다. 그래서 언제나 만나면 시끄럽다. 거실에 자리를 펴고 함께 잠을 잔다. 누구도 방이 아닌 거실에서 자는 것을 불평하지 않는다. 우리 집은 늘 그렇게 해 왔으며 당연하다고 생각한다. 곧 헤어짐을 염려하고는 잠자는 시간조차 함께 있고 싶은 의지가 일상이 된다. 아이들끼리 싸우는 일은 결코 없다. 아이들은 먼저 양보하고 무엇인가를 서로 해 주려고 한다. 그들은 이미 있어 왔고, 있을 이별의 아픔을 인지하고 있는 것이다. 내가 해주지 못해 후회하는 마음을 갖지 않으려고 그들의 만남은 언제나 성숙하다. 행복이 무엇인지 잘 모르겠다. 내일의 행복을 위해 오늘도 비행기를 타고 떠나는 아이에게 손을 흔들고 나는 남겨지고 아이는 떠난다. 하지만 늘 이별은 익숙해지지 않는다.

## 꿈을 꾸는 사람은
## 물 위에 떠 있는 백조와 같다

파란 하늘은 흰 뭉게구름을 닮아 푸른빛이 흰빛에 가깝고 흰 구름은 파란 하늘에 스며들어 하얀빛이 파란빛에 가까워 무엇이 하늘이고 무엇이 구름인지조차 구별이 되지 않는다. 세상의 모든 평화스러움과 여유로움을 담고 있는 하늘이다. 그 아래는 파란 잔디가 카페트처럼 깔려 있고 하늘과 땅의 중간에는 큰 활엽수 나무들이 사람 사는 세상을 등지고 있어 온통 자연 그대로다. 간혹 검정색이 보이는 것은 중간 중간 고여 있는 물웅덩이뿐이다. 그 위에 백조가 너무나 유유히 헤엄을 치면서 이곳저곳을 둘러보고 있다. 사랑하는 아이는 그 자연에 오롯이 자신을 맡기고 40도의 열기와 싸워내고 있다. 남들이 보면 아이는 그저 행복하고 한가로이 보일 수 있다. 물 위의 백조가 한가롭고 고고하게 보이지만 보지 못하는 물 아래에 있는 그 발이 얼마나 부지런히 움직이고 있는지 우리는 잊는다. 지금 딸아이가 그렇다. 자신의 꿈을 위해 햇볕이 뜨거워 서 있기조차 힘든 시간에 나가서 태양과 맞서고 있다. 나무 그늘도 찾지 못하고 온전히 인내라는 이름으로 견디고 있다. 아직도 꿈을 이루기 위해 최선을 다한다. 빨리 그 꿈이 이루어지길 간절하게 바란다.

## 아파도
## 참고 산다

나는 세 아이를 둔 엄마다. 큰아이와 막내는 운동선수다. 둘째는 공부를 했다. 두 아이가 운동을 하고 있어 소수의 사람들은 혹 저 집안이 머리가 나쁘지 않을까 하는 의심을 하는 순간 둘째가 그 오해를 말끔히 제거해 준다. 첫째 아이는 어려서부터 한자리에 앉아있지를 못했다. 늘 쇼파를 타거나 장롱을 오르며 놀았다. 운동 감각이 뛰어나다고 믿었던 아이 아빠는 일찍부터 조기교육을 시작했다. 공부할 기회를 이미 그 아이에게서 빼앗아 버렸던 것이다. 부모의 무모한 자만심이 아이에게 선택권을 주지 않았던 것이다. 아이는 커서 제가 태어난 나라를 떠나고서야 운동과 공부를 병행할 기회가 생겼다. 그런데 곧잘 공부를 해서 좋은 대학에 진학을 했다. 대학 진학 때도 부모인 우리는 심각한 갈등을 했다. 운동을 지속하느냐 공부를 하느냐의 갈림길에서 주위에서는 공부를 중단하라고 했지만 우리 부부는 그제야 아이의 의견을 물어서 원하는 것을 하라고 했다. 물론 아이는 공부를 하면서 운동을 해야 하는 어려운 길을 선택했다. 그리고 그 선택의 길에는 늘 아픔이 있다. 아프지 않고 쉽게 이루어지는 것은 없다. 운동으로 인해 아픈 몸은 간단한 치료와 진통제로 버티며 살고 있는 아이를 바라보는 나는 가슴이 무너진다. 아파도 참고 사는 네게 무한한 행복이 있기를 간절하게 빈다.

# 그립다고 말하면
# 더 그리워진다

말하면 더 참을 수 없는 것들이 있다. 목구멍 밖으로 차마 말하지 못하고 안으로 더 깊숙이 숨겨지는 말들이다. 간혹 그 말을 차마 하지 못해서 떠나보내게 되는 경우도 더러 있었다. 다음에는 달라질 것이라는 막연한 기대도 하지만 여전히 말을 못 하고 말을 안 한다. 그렇게 살아낸 세월이 나이를 더했다. 이제는 그렇게 그리워서 미칠 일도 없다. 나이만큼 무뎌지고 감정에도 굳살이 배어 그냥 또 스치고 지나간다. 그렇게 서러워 울

일도 며칠만 지나고 나면 또 그렇게 살아낸다. 감정에 있어서는 당당하게 살아가게 된다. 어른들 노랫말에 "노세 노세 젊어서 노세"라는 말이 명언이다. 감정이 활화산처럼 일어나는 일이 많을 때 노는 일도 세상을 바라보는 일도 자연을 느끼고 감상하는 일도 많아야 함을 이미 알았다. 무딘 감정으로는 눈도 흐려지고 감동이나 감탄을 못 하게 된다. 이제는 그리우면 그립다는 말이라도 하고 살아보자.

## 과거 풍경은
## 가난했다

나는 시골에서 태어났다. 내가 다니던 국민학교는 오래전에 없어졌다. 학생이 없으니 자연스럽게 우리의 시야에서 사라졌다. 친정집을 오가면서 없어진 학교의 공터를 만나면 안타깝다. 추억이 머물 공간조차 갖지 못하고 있다. 5학년이 되었을 때 마을에 전기가 들어왔고 왕복 4km가 되는 거리를 버스 한 번 타지 못하고 걸어 다녔다. 운동화보다 검정 고무신을 신고 다니는 친구가 많았고 가방보다 책 보따리를 메고 다니는 학생이 더 많았다. 그때는 그랬다. 누구도 불만이나 불평 없이 그렇게 살았고 모두 다 그렇게 사는 줄 알았다. 학교를 마치고 돌아오면 집집마다 소를 끌고 산으로 향했다. 나도 오빠를 따라 친구를 따라 산으로 갔다. 집에서 데리고 나간 소들을 풀어 놓았다. 한동안 소들은 신선한 풀을 찾아서 뜯어 먹었다. 해가 뉘엿뉘엿 지기 시작하면

소를 찾아서 각자 집으로 갔다. 어떤 날에는 노는 일에 너무 집중한 나머지 소들이 없어진 줄도 모르고 있다가 어른들에게 혼이 난 적도 많았다. 그 당시 소가 있었던 집은 그래도 여유가 있었다. 저녁밥을 먹고는 친구들은 하나둘씩 우리 집으로 모였다. 그때 우리 집에 텔레비전이라는 물건이 있었다. 좋은 자리는 어른들의 차지지만 그래도 어른들 틈에 끼어서 드라마를 보곤 했다. 어른들이 시끄럽다고 쫓아내기라도 하면 우리는 늦은 밤에 숨바꼭질로 동네를 시끄럽게 했다. 드라마 보기를 마친 엄마들의 강제 부름에 하나씩 둘씩 집으로 들어갔다. 우리의 어린 시절은 가난했지만 따듯한 정이 넘쳤고 동네에는 아이들의 웃음소리가 가득했다. 너와 나의 구별이 따로 없었고 온 동네가 하나의 놀이터였다. 우리도 하나였다.

## 고향에는 '전설의 고향' 의 추억이 살아있다

나의 고향은 아직 대나무 숲이 있고 산으로 둘러싸여 있는 조용한 마을이다. 어릴 적에는 수박 농사를 많이 했다. 여름이면 트럭에다 수박을 실어서 대도시에 가서 팔았다. 그 팔릴 수박을 지키기 위해 수박밭 옆에 원두막을 지었다. 엄마를 따라서 오빠를 따라서 원두막에 가는 날이면 그날은 귀신의 집은 저리 가라고 할 만큼 스펙타클한 이야기가 전개된다. 엄마의 귀신 이야기와 오빠의 느닷없는 비명 소리에 끝내 나는 울고 말았다. 오빠는 울고 있는 나를 보고는 더욱 재미있어했다. 그리고 한참이 지나면 우리는 쑥을 피워 연기로 모기를 쫓으며 잠을 청했다. 엄마와 오빠는 이미 깊이 잠들었다. 그들은 한낮의 노동으로 쉽게 잠을 이루지만 나는 귀신 이야기로 잠을 잘 수가 없었다. 수박을 많이 먹어서 볼일이라도 보러 가게 되면 큰일이었다. 엄마를 깨워야 하는 불편한 일이 생겼다. 머리 위에서는 아직도 귀신들이 날아다니고 대숲에서는 바람이 귀신 울음소리를 내고 있었다. 이불을 뒤집어쓰고 한참을 지나고서야 잠이 들었다. 그때는 여름만 되면 납량특집이라고 하여 〈전설의 고향〉을 TV에서 방영했다. 무섭다고 하면서도 우리는 시간을 기다려서 보고 잠들곤 했다. 물론 꿈에서 귀신은 어김없이 나타났으며, 온 밤을 귀신에게 쫓기다 새벽이 되어서야 꿀잠을 잤다. 그런 날이면 아침부터 엄마의 야단과 꾸중은 덤이었다. 여름이면 되풀이되는 풍경이었다. 도시에서 고모네 오빠들이 오게 되면 할머니의 투철한 남아선호 사상으로 심부름은 많아지고 먹을 것은 내 차례를 빗겨갔다. 한동안 집이 떠들썩한 시간이 지나고 나면 우리의 전설의 고향도 막을 내렸다. 그러면 우리 집에 가을이 오고 있는 것이었다.

## 공조

어렸을 때는 품앗이라는 노동의 형태가 있었다. 남의 일을 도우면 도움을 받은 이가 필요로 할 때 노동력으로 갚았다. 아름다운 미풍양속이었다. 하지만 오늘날에는 금전이 모든 것을 대체하게 되었다. 살아가는 일에는 늘 공조가 이루어진다. 유 · 무의 다른 형태로 나타나기도 하지만 타인의 도움 없이 살아가기는 힘들다. 아니 불가능에 가깝다. 박사 학위를 받기 위해 논문을 준비하는 과정에 가족의 공조가 컸다. 남편은 논문 주제를 정할 때도 의견을 주었고, 참고문헌을 구하기 힘들 때도 곧잘 구해 주었다. 큰아이와 둘째는 영문 초록을 맡아서 해 주었고 아들은 무거운 자료를 옮기는 일에 힘을 보태어 주었다. 부탁을 하기 전에 가족이라는 이름을 가진 그들은 자발적으로 동참했다. 그들의 헌신적인 공조가 없었다면 나는 박사라는 학위를 받지 못했을 수도 있었다. 가족은 크리스마스 같은 존재다. 그냥 이유 없이 크리스마스라서 좋고 선물을 받으면 더 좋은 그런 존재 말이다.

## 차를 나르는 아이

차 공부를 하면서 자연스럽게 영국의 차 문화에 더욱 관심이 갔다. 홍차가 주는 향도 좋았지만 홍차의 너그러움이 더 좋았다. 홍차는 다른 차들과 어울림이 좋다. 어떤 시도를 해도 크게 실망하지 않게 한다. 흔히 블렌딩으로 자신의 향을 고집하거나 맛을 강요하지 않는다. 나의 느낌과 생각대로 이것저것 섞어 맛을 본다. 희한하게 어울리는 맛이 매력적이다. 이런 연유로 홍차를 좋아한다. 물론 선물을 주기에도 모자람이 없다. 둘째 딸아이가 영국에서 공부를 하고 있어 방학이 되면 집으로 온다. 오기 몇 주 전부터 아이에게 차 리스트를 보낸다. 단 한 번도 싫다고 말한 적이 없다. 늘 "엄마 더 필요한 것 없어?"라고 물어본다. 아이의 귀찮음을 모르는 것이 아니라서 살짝 미안하기도 하다. 언젠가 한 번은 세관에 잡힌 적이 있었다고 한다. 물론 대량이 아니라 사정을 이야기해서 무슨 일은 없었지만 분명 성가신 일이기도 하다. 나는 아이에게 늘 고맙다. 아이가 병원 실습이며 시험공부며 늘 바쁘게 살고 있다는 것을 알고 있다. 엄마의 작은 행복을 알아차리고 이번에도 아이의 가방에는 차가 가득 들어서 올 것이다.

## 손을 잡고 잔다

우리는 밤에 꿈꾸지 않고 편하게 잠자기를 원한다. 나는 잘 자는 편이다. 따라서 잠에 대해서는 복이 많은 사람이다. 일 년 중에 잠이 안 와서 힘든 적이 거의 없다. 요즘은 갱년기 때문인지 잠을 설치는 경우가 있다. 그러면 불편을 겪을 사람을 위해서 다른 방이나 거실로 잠자리를 옮긴다. 그러다가 잠이 들기도 하고 또는 뜬눈으로 밤을 새기도 한다. 요즘은 딸아이가 집에 와 있어 잠을 함께 잔다. 아이는 잠자는 중에도 운동을 하는지 근육이 꿈틀거린다. 그리고 지금의 나처럼 깊은 잠을 자지 못하고 쉬이 깬다. 생각이 많은 것인지 꿈이 많은 것인지 아이는 나의 손을 찾아 잡는다. 아직도 엄마의 품과 정이 많이 필요한 것 같아 안쓰럽다. 이 아이가 엄마를 찾을 때 필요한 손과 따뜻한 품을 언제든 내어줄 수 있도록 건강을 잘 유지해야겠다.

## 만나기 전에는 설레고, 만나면 반갑고, 헤어지면 아쉬운 사람이 되자

우리 평범한 사람들은 사람을 맞이할 때 설레고 반갑고 아쉬운 절차를 거친다. 이렇게 단계를 거치면 성숙해지지만 이런 감정에 늘 익숙해지는 것은 아니다. 똑같은 상황들을 수없이 되풀이한다. 때로는 만남이 어색하고 불편하기도 하다. 차라리 보지 않고 지내는 편이 훨씬 좋고 행복일 수도 있다. 그 사람과의 만남 자체에 벌써 몸이 불편함을 알고 경직된다. 그 사람은 좋은 만남을 위해 오는 것이 아니라 지적하고 평가하기 위해 온다는 것을 우리는 이미 많은 만남을 통해서 알 수 있다. 어떤 인연이길래 마음의 거리가 먼 사람이 되었는지 모르겠다. 편안한 마음 하나면 충분한데 무엇을 아직도 그토록 바라고 있는지 모르겠다. 서로에게 위로가 되고 즐거움이 되는 만남이기를 기대한다.

# 행복하기

나는 행복한 사람인 줄 모르고 그냥 산 사람이다. 가족 모두 건강하고 각자의 분야에서 열심히 살아가고 있기 때문이다. 그리고 내 역할을 잘 지키고 있는 내가 있다. 미련한 곰형이라 잘 견디고 버텨낼 수 있었다. 애교가 없어 건조할 수도 있었겠지만 처음부터 그것이 없었던 것은 아니었다. 살다 보니 애교를 부릴 여건도 아니었고 마음의 여유도 없게 되면서 적어졌고 결국은 없어져 버렸던 것이다. 말이 말을 낳는 희한한 일들이 내 주변에서 일어나다 보니 말을 하는 횟수도 현저히 줄었다. 그래도 상관없었다. 아이들과는 말이 많은 엄마였고 철없는 엄마로 늘 즐거웠다. 모임에서는 귀를 열어 상대의 말을 듣는 일이 쉬워져 좋은 사람이라는 소리를 들었다. 내 말이 적어서 다른 사람의 이야기에 집중하고 작은 소리도 간과하지 않고 살필 수 있어 나에게는 큰 장점이 되었다. 이 또한 내 삶의 한 방식이었다. 말이 적어서 생기는 오해는 첫인상이 차갑다거나 인간관계가 협소하고 관계의 발전이 느리다는 것을 제외하면 크게 손해 보는 것도 없었다. 오히려 말로써 생기는 상처를 피할 수 있었고, 말로 낭비하는 시간의 에너지를 다른 곳에 사용하면 그만이었다. 긍정적이고 발전적인 곳에 사용할 말의 에너지가 있어 오히려 행복하다고 느낀다. 행복은 타인이 결정하는 것이 아니라 내 안에 있는 것이다.

## 마음이 예쁜 아이

차를 공부하면서 작은 소품이나 다양한 종류의 차를 모으고 있다. 더러는 지인과 아이들의 선물도 있고 내가 사는 경우도 있다. 아직 비싼 것은 없다. 그저 편하게 마시고 보면서 눈이 즐거운 것을 선호하는 편이다. 한편으로는 아이들 중 나를 이어 차를 공부할 이는 없을 듯하고, 내가 가고 난 뒤 아이들이 엄마를 생각하면서 소장하고 싶은 것은 돈의 가치가 아닐 것이다. 그리고 이제 내 나이도 하나씩 정리를 해야 할 때다. 내가 살아 건강할 때 주는 것은 선물이 될 수 있지만 욕심 부리다가 나중에 주는 것은 부담이 될 수도 있을 것이다. 어쩔 수 없이 받아야 하는 수고를 그들에게 주고 싶지는 않다. 시간의 차이에 따라서 선물이 될 수도 그저 애물단지가 될 수도 있을 것이다. 얼마 전 아는 지인이 차에 관심이 있어 공부를 하고 싶다고 했다. 무척 반가웠고 나는 이 사람에게 내가 가진 것들을 주면 좋겠다는 생각을 했다. 마음이 검박하고 진지하고 정이 많은 사람으로 보였고, 작은 것에 감사할 줄도 알고 차 맛이나 향을 허투루 하지 않고 자신만의 스토리를 만들고 있어서 참 예쁘게 보였다. 이 예쁜 마음이 남에게 그저 보여주기 위한 것이 아니라 자신을 위한 마음이기를 간절하게 바라본다.

## 먼저 태어난 아이의 비애

봄이 가득 채워진 어느 날 시골 장터에 갔다. 어느 순간부터 시골에서 열리는 5일장을 기억하고 장이 열리는 날이면 그곳으로 간다. 도시의 마트나 시장처럼 사람의 북적거림은 덜하지만 시골 사람들의 목청은 참으로 좋다. 국밥 한 그릇으로 점심과 타협하고 수박 모종이며 참외 모종을 사 들고 집으로 돌아온다. 수박이며 참외 모종은 아직 너무 여리고 작아서 박스에 곱게 담아 왔다. 다행히 넘어지지 않아 본래의 모습으로 착하게 박스 안에 앉아 있다. 이것들이 자라서 우리에게 수박과 참외라는 여름 과일로 만날 것이다. 그렇게 우리 밭에 온 아이들은 6월에는 제법 튼실하게 자랐다. 어떻게 돌봐야 할지 몰라 여기저기 물어서 그 얄팍한 지식으로 키웠는데 감사하게도 우리에게 열매라는 보답으로 왔다.

6월 중순에 아이를 보러 가기 때문에 여름을 여기서 지낼 수 없다는 마음으로 수박을 맛보고 싶다는 오기가 생겼다. 그런데 어떤 것이 익은 수박인지 알 수가 없었다. 몇십 번을 튕겨 보고도 도저히 가늠을 할 수가 없어 제일 먼저 열린 것을 따기로 했다. 물론 완전히 익지 않을 수 있다는 염려를 했지만 설익은 모습에 약간은 실망이었다. 하지만 우리가 처음으로 수확한 그 풋내 나는 수박은 싱싱했다. 나는 처음이라는 소중함을 간혹 잊으며 살고 있다. 기대에 미치지 못한다고 화를 내기도 하고 서운하기도 했던 그 속에는 언제나 설렘이 있었다. 결과를 미리 결정하고 받아들이는 처음은 언제나 후회가 많았다. 처음은 처음일 뿐인데 그 과정의 행복을 결과에 모두 맡겨버린다. 이것이 처음이 겪는 비애다.

## 파란 잔디 위의 초록나무,
## 그 위에 하늘

큰아이를 만나러 지구의 반대쪽에 와 있다. 내가 살던 곳과는 밤과 낮이 거꾸로 돌고 기후는 습하고 아주 덥다. 마른땅 위에 하루에 한두 차례 천둥 번개를 동반한 비가 지나고 나면 하늘은 그지없이 맑다. 우리가 알고 있었던 하늘색 그 자체다. 우리나라도 맑은 하늘색이었는데 언제부터인가 그 하늘을 만나는 것이 힘들어졌다. 우리는 호흡 대신 마스크로 가려진 코로 조금씩 산소를 흡입하는 것에 만족해야 한다. 아침마다 오늘의 미세먼지 농도를 체크해야 한다. 예전에는 상상도 할 수 없는 일상들이 나타나고서야 그 고마움을 느낀다. 항상 옆에 있어 그 존재의 중요성을 느끼지 못하다가 그 존재의 부재를 당하고 알아차린다. 내가 없는 자리에 남은 사람들은 과연 어떤 마음으로 나를 돌아보고 있을까? 자유를 누릴까, 아니면 그리움으로 하루를 보내고 있을까?

나는 단언할 수 있다. 불편함과 짜증을 풀고 핑계와 탓을 대변해 줄 사람이 없어 힘든 것뿐이라고. 그럼으로 떠나온 나는 진짜 하늘을 만나고 진정한 자유를 누리고 있다.

## 삶이 그대를 속일지라도

이른 새벽에 일어나 밥상을 차리고 축축한 땅을 밟아 차를 운전해서 목적지에 도착한다. 똑같은 아침의 모습이며, 나에게 일어나는 현상이지만 지루하다고 말하거나 핑계를 삼고 싶지 않다. 이 일상이 곧 나에게 기쁨을 주고 희망이 될 것이라는 것을 알고 있기 때문이다. 아이는 습도가 높은 무더위와 싸우느라 땀띠가 온몸에 솟아 있다. 알로에가 있어 냉장고에 넣어 두었다가 땀띠가 난 곳에 올려주었는데도 그 가려움은 쉬이 사라지지 않는다. 한참을 긁적이느라 잠을 자지 못하고 있다. 현재의 아픔이나 고통을 내일의 행복을 위해 참아야 한다면 우리는 무수한 시간인 오늘을 희생하고 살았다. 나는 올해가 마지막이라는 생각으로 기쁘게 현재를 희생하려고 한다. 미래의 불확실한 성공과 그 성공에 따른 행복을 위해서 지금을 놓치고 싶지 않다는 결론에 이르기까지 참으로 많은 소소한 기쁨의 소중함조차 잊어버리고 사라졌다. 되돌아보면 그 세월을 어떻게 살았을까 싶어 나는 나와 아이가 너무나 가엽다. 오늘도 나와 아이는 내일을 위해 오늘 최선을 다하고 있다. 적어도 살아온 세월에 게으름은 없었다고 장담할 수 있다.

## 편안하게 머물기를 바라는 집

한 번씩 떠나는 여행은 계획적이든 충동적이든 설레는 것은 당연하다. 하지만 늘 집을 떠나 있다고 한다면 그것 또한 즐겁고 행복할 수 있을까? 간혹이라는 의미와 가끔이라는 단어가 들어 있어 좋을 수 있다고 생각해 본 적은 없는가? 집이 답답하고 벗어나고 싶지만 결국 나는 집으로 돌아온다. 집이 주는 편안함이 그 무엇도 대신할 수 없음을 잘 안다. 집이라고 하는 물리적인 표현보다 그 집에서 함께하는 사람들의 마음이 그 집을 만든다. 그 집에 속한 사람이 마음을 불편하게 한다면 나는 그 집에서 편안함을 느낄 수 있을지 모르겠다. 아이들도 힘들고 지칠 때 한 번의 주저도 없이 집으로 향할 수 있게 만들어야겠다. 이것이 내가 원하고 바라는 집이다. 좋고 넓은 집이 아니라 편안한 집을 만들고 싶다.

## 소원 팔찌를 만들다

바람이 절실해지면 무엇이든 시도하고자 한다. 절실함이 표현되어 자신의 마음이 세상에 드러남을 기대하고 소원이 꼭 이루어지기를 바라면서 말이다. 그런 의미로 나에게 딸아이가 소원 팔찌를 만들어 주고 있다. 다양한 색에서 한 가지 또는 여러 가지 색을 섞어서 어떤 것은 매듭을 또 어떤 것은 단순하게 하나로 묶어서 만든다. 보기에는 단순한 작업 같은데 혼자 시도하더니 금방 지쳐 한다. 본인이 하는 처음 매듭이라 쉽지는 않은 모양이다. 아니면 절실하게 원하는 것들이 많아서 쉬어 가는지 확실하지 않다. 나에게 준 소원 팔찌는 손목에서 떨어질 때까지 하고 있어야 한다고 한다. 딸의 정성이 들기도 했지만 나의 소원이 들어 있기도 하니 아마 소중하게 나의 손목을 지키고 있을 것 같다. 앙증맞은 이 팔찌로 나의 소원이 이루어질 것이다.

# 2부

# 차
# 한 잔을
# 들고

## 눈에 보이는 것이 다가 아니다

차를 알게 되면 눈에 보이지 않는 무수한 진리가 있음을 깨닫는 순간이 있다. 찻집에서 커피를 살짝 피해서 남들과 조금은 달라 보이는 홍차를 시켜서 마음껏 격식을 데려와 마셔본다. 눈에 보이는 것에는 별반 차이가 없다. 향긋한 커피든 색이 은은한 홍차든 목구멍을 통해서 내 몸 깊은 곳에 이르기는 한가지이다. 하지만 차를 공부하면서 눈에 보이는 것보다 눈에 드러나지 않는 차의 진실을 더 사모했다. 자연의 넓은 품과 계절을 통해 새싹을 키우고 여름을 지나서 가을에 꽃과 함께 열매를 맺는다. 차나무의 꽃과 열매는 같은 시간을 공유한다. 속절없이 불어대는 찬바람과 꽁꽁 얼어버린 겨울의 땅속에서 자연이 주는 약속을 굳게 믿으며 잘 견뎌내고 나면 봄에는 여리고 여린 연녹색 잎을 세상으로 보낸다. 세상으로 나온 찻잎은 봄의 온화한 기운과 만물의 생동을 몸으로 느끼며 한 걸음씩 사람 속으로 걸어 들어간다. 그리고 사람들에게 몸을 내어주며, 사양이나 부탁하나 없이 오롯이 전부를 준다. 사람들에 의해 차나무에서 분리된 찻잎은 만드는 이의 정성과 과정의 차이로 인해 다양한 이름으로 나에게로 온다. 자연과 사람의 만남으로 완성된 차를 좋은 사람 혹은 사랑하는 사람들과 마시며 무한한 감사와 행복을 느낀다. 더불어 차를 통해서 사람들을 만나고 차를 마시며 차와 사람으로 인해 세상을 살아가는 참된 진리를 배워 가는 중이다. 때로는 당나라 육우를 모셔다가 초의와 차를 마시며 다산의 애민사랑 이야기를 들으며 차에 취해서 이 중년을 버텨 나갈 예정이다.

## 차 한 잔을 들고
## 창가에 서서 노을을 바라보자

나의 하루가 겨울의 지친 바람에 가려져 해를 숨긴다. 철새 한 마리가 큰 소나무 가지를 차지하고 지는 노을 속에 앉아 있다. 유리창 가장자리에 노을이 비쳐 들고 자리 좋은 곳을 잡아 향기 진한 차를 준비한다. 차 향기가 유리창을 넘어 새의 보금자리를 지나 노을까지 닿기를 바라는 마음으로 말이다. 적어도 오늘 내가 살아있고 이 겨울이 버티고 있음을 알리고 싶은 모양이다. 오늘은 주인공이 되어, 지는 노을이라도 잠시 막아서고 싶다. 그러면 오늘이 내게서 조금 더디게 가려나.

## 봄은
## 하룻밤 꿈처럼 다녀간다

우리나라의 네 계절은 똑같은 무게와 시간을 두지 않는다. 언제부터 봄이 없는 듯 모진 추위를 견디고 나면 바로 뜨거운 햇빛과 바람을 가지고 여름이 가까이 있다. 겨울에서 몸을 돌려 여름으로 가는 그 사이에 봄은 살짝 다녀간다. 우당탕탕 급작스럽게 꽃을 한 아름 안기더니 서운함을 느낄 시간도 없이 봄은 멀어지고 있었다. 그 사이에 신록의 잎이 꽃을 대신하여 나무마다 자리를 차지하고 있다. 여리고 여린 잎들은 봄의 심술궂은 바람으로 요란스럽게 흔들리고 있다. 여름의 시작을 알리는 굵은 비라도 내리면 물기를 머금은 잎들은 힘겨운 모양으로 버텨내고 있다. 계절은 인간들 꿈속에 다녀간 봄을 추억할 시간마저 주지 않는다.

## 차창 밖은
## 늘 평화롭다

매주 수요일 아침이면 알람 소리에 잠에서 깬다. 간혹 사람 소리에 깨어나기도 한다. 일주일 중에 오로지 나를 위해 모든 것이 존재하는 날이다. 새벽 동이 트기 전에 집에서 무거운 책가방 하나와, 차를 담은 바구니 하나를 들고는 지하주차장으로 급하게 뛰어 내려간다. 그 발걸음은 아마 선녀들이 존재한다면 그 걸음이겠지 싶을 만큼 가볍고 상쾌하다. 차를 타고 학교를 향하는 차창 밖에는 이제 막 해가 솟아오르고 있다. 어제와 같은 해가 오늘은 나를 위해 다른 모습으로 솟고 있는 것이다. 광명의 빛과 해방의 빛이다. 나에게 열정과 자유를 주는 황홀한 행복의 빛으로 다가온다. 그 광경이 지나면 풍경들이 눈에 들어온다. 봄이면 벚꽃들이 만발하고, 여름이면 그 나무들이 초록을 발하고 가을이면 떠날 준비로 몸단장을 서둘러 하는 바람에 온몸이 열을 내고 있어 얼굴이 붉어지고, 겨울이면 벗은 가지 위로 흰 눈이 내려 나무들의 부끄러움을 가려도 주고 살짝 덮어도 주고…. 매번 바뀌는 풍경은 늘 분주하지만 나에게는 더없는 평온을 준다.

## 인생은 기다림의 시간

설날 아침 산소에 들러 내려오는 길목에 매화가 싹을 내고 있었다. 너무나 반가운 마음에 그네에게 의사를 묻지도 않고 가지 두 개를 내 마음대로 꺾어 집으로 데리고 왔다. 집 안의 따뜻한 기운으로 매화 싹을 도와 꽃을 빨리 보겠다는 오직 내 욕심으로. 며칠은 물을 잘 마시고 꽃을 피우려는 듯 제법 방울이 또렷해졌다. 하루가 지나고 또 하루가 지나고 보니 그 매화 가지는 물 한 방울 마시지 않고 말라 죽어가고 있었다. 아마 부모를 떠나고 형제를 떠난 슬픔에 제 스스로 살기를 포기한 듯싶었다. 명절이라고 죽은 조상까지 찾아뵙고 야단을 떨면서 그 매화 가지는 말하지 못한다는 이유로 내 마음대로 억지로 부모 형제자매를 생이별을 시키고 있었던 것이다. 매화의 죽음을 보고서야 나의 잘못을 깨달았다.

모든 것에는 제때가 있는데, 인간의 욕심으로 아니 나의 욕심으로 제대로 아름다운 꽃을 피우지 못하고 만 매화 가지를 보면서 뒤늦은 후회를 한다. 자연의 봄에 앞서 나의 봄을 만들려는 이기적인 행동이 매화를 죽게 만들었다고.

## 매화꽃이 진 자리에
## 열매의 이름을 짓고 있다

매화꽃은 겨울과 봄의 중간에 피는 꽃이다. 그네는 겨울이 봄에 밀려가다가 아쉬운 마음에 혹 눈이라도 내리면 온전히 맨몸으로 눈을 받아낸다. 불평이나 불만 없이. 순전히 좋은 마음으로 겨울을 떠나보내고 있는 것 같다. 그리고 따스한 봄의 손길이 다가오면 활짝 분홍색 웃음을 지으며 맞이한다. 보내는 것에도 맞이하는 것에도 미련이나 집착을 두지는 않는 것 같다. 우리 인간들은 이런 진실을 참 어려워한다. 있을 때 잘하라는 이 간단한 진리를 언제나 외면한다. 떠나고 난 후 생각한다. 난 있을 때 내가 할 수 있는 한 최선을 다하려고 한다. 그러고는 곧 생각에서 지워낸다. 만날 날이 있으면 또 그때 그 삶에 집중한다. 물론 사람이 만나고 헤어지는 일에 후회가 없을 수는 없다. 하지만 최소한의 후회를 하려고 한다. 이것이 내가 살아온 작은 철학이다.

## 화려한 봄은 가고
## 신록이 찾아온다

집 앞 가로수 벚꽃이 동굴을 이루고 있다. 딸아이는 연신 휴대폰으로 벚꽃의 아름다움을 담아내고 있다. 수없이 찍기를 반복하더니 결국 몇 장을 자신의 인스타에 올려 둔다. 실제보다 더욱 아름답다. 화려한 벚꽃을 보면서 딸아이의 모습과 참 많이 닮아 있음을 느낀다. 아직도 열정이 가득하고 아름다움에 감탄사를 연발하고 표현도 정말 예쁘게 한다. 자신이 누리는 이 젊음이 얼마나 아름다움인지 느끼지 못할 것이다. 나 역시 그렇게 젊음을 보내고 지금 이 자리에 서 있으니 말이다. 말을 해 준다고 해도 마음 깊은 곳까지 닿지 않겠지. 꽃이 지고 나면 그 분홍색 꽃잎이 그립듯 우리는 젊음을 그렇게 보낸다. 꽃이 지고 난 자리에 싱그러운 풀 내음이 진동하니 꽃향기와는 사뭇 다르다. 청정한 공기가 온몸을 타고 흘러 들어온다.

## 행복의 잣대

마당에 꽃나무를 심기로 한다. 무슨 꽃이면 오래도록 곁에서 볼 수 있을지 생각하고는 남편에게 장미를 심자고 말했더니, 후하게도 1,000포기를 주문해 주었다. 며칠 혼자서 씨름을 하며 할 수 있는 정성을 들여 정원에 심었다. 나만의 장미 정원을 위해서. 벌써부터 기분이 좋아져 힘들다는 생각도 잠시 내려 두었다. 아니 더없이 행복하다. 이 돈으로 얼마나 오랜 시간 행복하게 미소 지을 수 있을지 모르지만 아마도 장미꽃은 오래도록 나를 여자로 살게 할 것이며 즐겁게 하리라 장담해 본다. 혹자는 그 돈으로 다른 무엇을 하겠다고 했지만 난 생각이 달랐다. 나의 말에 흔쾌히 장미를 사다가 안겨준 사람도 고맙고 나의 정성에 감탄하여 자신의 몸보다 큰 꽃송이를 피우고 있는 장미들에게도 감사하다.

나이가 들어 전원이라는 곳에 들어와 살지만 아직도 어색한 구석이 많다. 하지만 내려놓는 법을 하나씩 배워가고 있는지도 모른다. 온전한 사람으로 살기 위해 오늘도 장미꽃을 들여다보며 차를 마신다.

## 신록으로
## 다시 만나다

밤새 내린 비로 화려한 꽃은 어디로 가 버렸는지 그 자리에 신록의 잎이 채우고 있다. 눈부시게 흩날리던 꽃잎은 많은 이야기를 숨겨둔 채 다음 해 봄이 올 때까지 그 수많은 아름다운 말을 추억 삼아 되새기며 참고 또 기다리고 있을 것이다. 사람 사는 이야기나 꽃이 사는 이야기나 별반 다를 바가 없는데, 우리 사람들은 미련이 많아서 기다리는 법을 잊어버린다. 집착을 사랑이라고 믿고 기다림은 이미 남의 이야기로 돌리고 그저 자신들의 감정에 풍덩 빠져 살면서, 그렇지 못한 사람들은 감정마저도 미련하게 붙잡고 살게 된다. 무엇이 최선인지 장담할 수는 없지만 자신의 선택이 최고이며 최선이라고 믿고 살아갈 뿐이다. 살아가는 일에도 감정에게도 옳고 그름은 있다. 밤새도록 내리고 아직도 주위를 어둡게 할 만큼 한 움큼씩 내리는 이 비는 봄비가 아닌 듯하다. 아마 여름으로 접어드는 모양이다. 이 비가 오고 나면 한 계절은 지나고 새로운 시간이 올 것이다.
그 시간들은 아마 기다림이 많을 것 같다

## 나이가 들면
## 눈치도 늘어난다

나이가 들어서 좋은 일보다 싫은 것들이 더 많아졌다. 나이가 숫자에 불과하다는 말은 나이 든 이를 위로하는 말인 것 같다. 마음은 아직도 청춘이라 뭐든 할 것 같은데 이미 몸은 제 나이를 용케 알아차린다. 한때 나이 든 언니들이 찻자리를 하고 일어설 때 꼭 하는 추임새 '아이고'가 왜 필요한지 이해가 가지 않았다. 그런 말이 필요하지 않을 때 나는 나이 든 어른을 두고 살짝 비웃었는지도 모른다. 하지만 내가 어느새 너무도 자연스럽게 그 추임새를 하고 있었다. 그 추임새 '아이고'는 한 번에 일어서기 위해 힘을 모으는 동작이었다. 그들의 길을 그대로 따라 걸으며 나는 나이 듦을 이해하고 어른으로서의 눈치도 가지게 될 것이다. 나의 길이 온전하지 못할 때도 눈치가 있다면 올바른 어른 노릇을 하지 않을까 싶다.

## 눈으로 확인하지 못해서 생기는 작은 오해들

내가 중학교를 다닐 때는 등·하교를 더해서 이십 리를 걸어서 학교를 다녔다. 여름에는 땀으로 범벅이 되었고, 겨울이면 너무 추워서 발이 얼어 걷기조차 힘들었다. 고등학교는 인근에 있는 도시로 진학을 했다. 그때는 연합고사라는 시험이 있어 극히 일부만 진주에 있는 학교에 원서를 넣을 수 있었다. 그리고 야간학습을 했다. 밤 12시쯤에 학교를 나와 집으로 돌아오는 길은 어둠 자체였다. 가로등은 아예 없었고, 집집마다 전기세 아낀다고 이미 초저녁에 불을 다 꺼둔 상태였다. 큰 도로를 걸을 때면 그래도 무서움은 참을 만했다. 드문드문 작은 불빛이 보였고 동네 지붕이 달빛을 받아 사람의 흔적을 풍기고 있었다. 하지만 내가 사는 동네를 가려면 작은 산을 하나 넘어야 했다. 그 당시 그곳에는 조경 사업이 한창이라 묘지 이장이 많을 때였다. 군데군데 파헤

쳐 놓고는 구덩이를 메우지 않아 누가 보아도 묘지가 있던 자리임을 알 수 있었다. 비라도 내리는 날이면 그야말로 이야기로만 듣던 귀신이 나올 법한 환경이 갖춰졌다. 그 여름에는 늘 '전설의 고향'이 방영되고 있었다. 하루는 그 산 모퉁이를 돌려고 하는데 하얀 소복을 입고 긴 머리를 늘어뜨리고 날고 있는 귀신이 보였다. 그 당시에 우리 동네에서는 연합고사를 준비하는 남학생이 하나가 더 있었다. 생각해 보면 둘이 함께 다녔으면 덜 무서웠을 텐데 그때의 우리는 무서움보다 부끄러움이 더했던 것으로 보인다. 발이 땅에서 움직이지 않고 무서움을 알리는 고함 소리도 목구멍을 넘어오지 못하고 오로지 혼자서 그 길을 가야 했다. 죽을힘을 다해서 뛰는 것이 내가 할 수 있는 유일한 방법이었다. 그 앞을 지나갈 때쯤 무서운 귀신의 정체를 알 수 있었다. 큰 소나무

위에 바람에 의해 날아온 비닐이 길게 걸쳐져 있었던 것이다. 흰색 비닐은 여름 달빛에 더욱 희게 보였고 소나무의 뾰족한 잎은 검은 머리로 보였다. 눈으로 확인하는 순간 긴 한숨이 흘러나왔다. 살았다는 안도의 한숨이었는지 눈으로 확인하지 못해서 생긴 오해에 대한 민망함이었는지 알 수는 없었다. 내가 거의 일 년을 무서움에 달렸던 그 길에는 부모님은 단 한 번도 마중을 나오지 않았다. 그 남학생도 마찬가지였다. 그때의 우리 부모님은 노동이 힘들었고 자식의 교육보다 먹고사는 일이 더 우위에 있었던 시절이었다. 부모님의 마중을 바란 적도 없었지만 원망은 생각지도 못했다. 그때는 그랬다.

## 꽃이 주는 즐거움의 가치는 계절에 따라 다르다

나는 손에 잡히는 행복은 잘 모른다. 그래서 말이나 감정을 더욱 소중하게 여기며 살고 있는지 모르겠다. 아직도 모르는 것이 참 많은 사람이다. 기분조차 제대로 알아차리지 못한다. 참아야 한다고 해서 무작정 참았고, 시끄러워질 것이 부끄러워 억지로 참아 내고 보니 내 안에는 내가 살지 않고 있었다. 함부로 하는 타인이 내 안에 들어와 제 집처럼 살고 있었다. 오늘이 행복하면 괜히 불안해진다. 언제 끝날지 모르는 이 소소한 행복을 느껴보기도 전에 슬픈 일은 어김없이 온다는 사실을 사는 동안 너무 잘 알게 되었기 때문이다. 그래서 행복하다고 느끼는 일상보다 그저 그런 일상이 좋았다. 좋지도 싫지도 않은 미지근한 일상이 더없는 평화였다. 그래서 누군가 챙겨주는 꽃 한 송이가 좋았다. 그것도 장미꽃이. 5월의 장미라고 하지만 장미는 한겨울을 제외

하고는 늘 꽃을 피운다. 아마 우리나라 기후 조건이 바뀌어져 그런 일이 생겼을 수도 있다. 꽃이 지고 15일이 지나면 또 꽃송이가 생겨난다. 끊임없이 꽃을 피워내고 있는 그들의 수고가 고맙다. 장미를 가까이 두고 보지 못했다면 그들의 속성을 알지 못했을 것이고 그저 남들이 말하는 가시가 많은 꽃이라고 단순하게 생각했을 것이다. 모르는 것이 많은 나에게 이 장미나무는 자신을 다 보여주며 가르치고 있어 고맙다.

# 물을 흐르게 두라

물은 고여 있지 않고 흐르는 것이 본래의 성질이다. 타의에 의해 흐르는 방향을 모르고 고여서 많은 시간을 보내고 나면 물은 썩는다. 해마다 찾아와서 세상 먼 곳의 이야기를 전해주던 철새도 오지 않고 몸을 섞으며 놀던 물고기도 떠나고 없다. 무성하게 자란 억센 풀이 썩은 물을 뒤덮고 있을 뿐 사람들의 인기척도 없다. 역한 냄새의 주인공이 되어 물은 이미 지나가는 행인의 하나에 지나지 않는다. 물이 본연의 모습을 잃어갈 때 많은 의견들이 난무했을 것이다. 결국 책임지기 싫은 누군가에 의해 피해자의 모습으로 물은 남게 된다. 우리는 물이 주는 졸졸거리는 소리에 위안을 받는다. 물은 돌멩이 하나에도 무심히 지나는 법이 없다. 몸을 어루만지고 옷깃을 스쳐서 돌멩이를 지나고 큰 바위라도 제 길을 막으면 수백 번 수천 번씩 바위와 대화를 하며 함께 시간을 보내며 길을 내어 줄 것을 부탁한다. 그러고 나면 또 물은 제 길을 향해 앞으로 나아간다. 막힌다고 쉽게 멈추지 않는다. 정 길이 아니다 싶으면 물은 돌아서 간다. 고집부리는 일이 없다. 사양하고 이해하고 배려하면서 물은 모든 길을 흘러서 바다로 흘러 들어간다. 그래서 수많은 다른 물을 만나서 바다를 이루고 또는 생을 마감한다. 물은 흐르게 그냥 두는 것이 최선이다.

## 혼자 있는
## 시간의 즐거움

하루 중에 오롯이 혼자 지내는 시간은 의외로 많지 않다. 출근하는 사람의 뒷모습에 내가 서 있다. 잠시 분주하게 집에 남아 있는 사람이 할 수 있는 일을 한다. 그리고 남는 시간에는 사람들의 방문이 있다. 약속이 있어 다녀가는 사람, 지나가다 무심히 들러 안부를 묻는 사람, 그렇지 않으면 끊임없이 걸려오는 전화기 속에도 사람들이 있다. 그렇게 시간을 보내고 나면 한낮이 지나고 어슴푸레한 저녁이 다가온다. 아침에 나갔던 사람들이 집으로 돌아온다. 하루 종일 수고를 아끼지 않고 열심히 살았던 사람과 저녁을 먹고 차를 마시고, TV 속에 사람들을 보면서 웃고 울다 보면 시간이 또 흐른다. 오늘도 사람들의 홍수 속에서 살아남았구나 싶으면 짙은 어둠이 나의 시간을 잠시 데려다준다. 온전한 어둠과 함께하는 시간이다. 주위는 조용하다 못해 적막에 가깝다. 가로등 불빛에 어둠을 조금 벗겨내고, 그 불빛마저 꺼져버리면 나도 이 어둠에 묻혀서 구별이 힘들어질 것이다. 작은 불빛 하나와 나, 나를 위한 차 한 잔을 마주하고 있는 이 시간이 참으로 좋다. 사람들로부터 지켜주는 이 시간을 정말 좋아한다.

## 사람 속에서
## 더 외로움을 느낀다

사람은 사회적 동물이다. 혼자서 살 수 있는 존재가 아니라는 의미이다. 관계를 중요시 여기며 사람들과 함께 어우러져 살라는 큰 뜻이 숨어있다. 그런데 그 뜻에도 사람들 속에서 더 외로움을 느끼는 것은 관계가 잘못된 까닭인지 모르겠다. 사람들이 모이는 자리는 대개 시끄럽다. 사람에게 두 개의 귀와 하나의 입을 주신 이유를 잊어버리고 입만 살아서 사람들 사이를 헤집고 다닌다. 귀는 이미 소리에 지쳐 제 역할을 상실하고 있다. 웅웅거리는 벌레의 소리 같기도 하고 매미의 합창 같은 소리를 몇 시간째 듣고 있다 보면 사람들 속에 있는 것이 즐거운 것이 아니라 소음 고문 같다. 얼굴은 여전히 미소를 띠고 있어야 하며 간혹 그들이 던지는 질문에 답을 해 주어야 하니 머리는 어지럽지만 깨어 있어야 한다. 사람들 속에서 나는 아무도 살지 않은 무인도가 그럽다. 사람들 속이 더욱 외로워지는 이유는 나에 대한 작은 배려에 진심이 없고 그저 척만 있을 뿐이기 때문이다.

## 차 향기에
## 다시 시작한다

공부에도 나이가 있다면 그 나이를 한참 지나고서야 다시 공부의 영역 안으로 들어갔다. 물론 공부에는 나이 제한이 없다고 하지만 어린 나이보다는 분명 힘든 점이 많았다. 나는 기회가 된다면 글 쓰는 공부를 다시 하고 싶었다. 어떤 연유로 그만두게 되었던 문학을 다시 시작하려고 했는데, 우연하게 차 공부를 하게 된 것이다. 차에도 학문이라는 영역이 있나 싶었다. 하지만 무슨 공부든 일단 시작하기로 했다. 시작의 중요성을 알게 된 것이 세월이 준 또 하나의 인생 팁이었다. 나는 차보다 커피를 훨씬 좋아했던 사람이다. 일어나자마자 커피 한 잔을 연하게 내려 마시면서 가족들의 아침을 준비했고, 늘 손에 커피가 들려 있었다. 그런 내가 커피가 아닌 차 공부를 선택했을 때는 막연한 동경이 있었다. “차인”이라고 불리는 사람들은 일반 사람들과 다른 부류의 사람일 것이라는 나만의 선입견이 있었다. 차를 시작하고 나서 한동안 이 선입견과 맞서 싸워야 했다. 사람에 대한 큰 장점만을 모아놓고 있었던 것이다. 사람에 대한 베일이 하나둘씩 벗겨지면서 차인에 대한 허탈감이 생겨 차 공부를 그만두려고 했다. 내가 만든 카테고리에 그들이 들어오지 않는다고 혼자 화를 내고 있었다. 그들은 누구보다 인간다운 모습으로 잘 살고 있었는데 말이다. 차인의 모습을 인간의 모습이 아닌 신선이나 선녀의 모습으로 그리고 있었던 것이다. 그런 생각에서 벗어나게 해 주는 사건이 있었다. 학기 중에 제다라는 수업에서 직접 차를 따서 만드는 과정이 있었다. 물론 차 밭에 가보지 않은 것은 아니다. 차 밭에서 사진을 찍고 온 적은 있었다. 간편한 복장과 화장품과 향수는 되도록 하고 오지 말라는 안내문과 머리 수건과 앞치마가 준비물이었다. 차밭에서 찻잎을 따는 방법을 듣고는 정성껏 따서 바구니를 채우고 있었다. 몇몇의 학생들은 연하디연한 찻잎을 따서 그대로 입 안에 넣어 오물오물 씹기도 했다. 따라해 보니 풋풋한 찻잎 향이 입 안을 맴돌았다. 그리고 찻잎을 모아 녹차를 만들기 시작했다. 찻잎이 뜨거운 솥 안으로 밀려들어 갔다. 파릇한 잎이 살포시 하나 둘씩 고개를 수그렸다. 그러면 재빨리 타지 않게 손으로 뒤집어 준다. 솥 안에서 찻잎이 내는 향기는 상큼하기가 그지없었다. 청량한 초여름을 닮아 있었다. 코끝으로 밀려드는 그 향기는 내가 가졌던 사람들에 대한 오류를 말끔히 지워내고 있었다. 내가 마셨던 커피와 분명 다른 종류의 향이었고 맛이었다. 이 향으로 오랫동안 차를 마시게 될 것이며 사랑하게 될 것이다, 그러므로 차 공부도 계속 할 것이라는 생각을 했다.

## 찻잔에 노을이 뜨면
## 그리움이 있다는 것이다

사람이 떠난 자리에는 그리움이 남는다. 그리움 속에서 차 한 잔을 건네면 그 향기는 가슴으로 내려앉고 찻잔 속에 노을이 뜬다. 세월이 무심히 흘러 떠나보낸 자리에 노을 든 찻잔만 남아서 너를 대신하여 그리운 향을 내고 있다. 식은 찻잔은 아직도 노을이 담겨 있어 차마 마시지 못하고 다시 차를 끓인다. 물 끓는 소리에 그리움 가득 채워진 찻잔을 비우고 긴 한숨을 담아낸다. 다시 차 한 잔을 네게 건넨다. 네가 떠난 자리에 남아있는 찻잔도 곧 그리움 속으로 잠길 것이다. 한숨과 그리움이 찻잔을 채워 차가 담길 자리가 없다. 오늘의 찻자리는 그리움의 자리다.

## 바람 속에서
## 차를 마신다

차는 바람이 있어도 좋고 바람이 없이 평온한 날에도 마시기 좋다. 함께하는 사람이 많아도 상관이 없고 혼자라도 차는 개의치 않는다. 바람 있는 날이면 은은하게 퍼져 나오는 차향은 바람 속으로 들어가서 네게 갈 것이다. 함께하지 못하는 바람 속에서 차를 마실 것이다. 멀리까지 퍼져 나간 향은 안부를 전할 것이며 아직도 차를 마시고 있음을 알릴 것이다. 차향과 전해온 나의 안부를 위로 삼아 너도 차를 마실 것이다. 바람 속에서 우리는 여전히 함께 차를 마신다.

## 연꽃차에
## 효녀 심청이는 없다

한여름의 무더위가 기승을 부리면 한 아름 되는 연지에 연꽃을 펼친다. 움츠려 있던 연꽃은 뜨거운 물을 만나면 물과 함께 제 속을 보이며 활짝 웃는다. 효녀 심청이는 벌써 연꽃에서 나와 임금님을 만나 혼례를 했나 보다. 해피엔딩으로 끝난 이야기를 뒤로하고 연지를 가득 채운 꽃을 피해 약간의 녹차 우린 물과 얼음을 내려 보낸다. 연꽃은 얼음의 차가움에 살짝 당황하기는 하지만 더운 여름을 식혀 줄 자신의 임무를 곧 상기한다. 눈으로 보는 아름다움과 시원함을 가득 채워서 찻잔에 담아 마시면 가슴까지 연꽃을 피워낸다. 차를 마시는 사람의 얼굴도 연꽃을 닮아 예쁘다.

# 차를
# 알게 해 준 사람

1월 1일 이른 아침에 분주한 전화 소리에 잠을 깼다. 구체적인 내용이나 설명도 없이 차 공부를 해 보라는 이야기를 듣고 나 역시 쉽게 그러겠다고 대답을 했다. 일 초의 망설임도 없었고 이유도 묻지 않았다. 그렇게 시작된 공부가 벌써 십 년을 훌쩍 지나가고 있다. 공부의 대상이 차가 될 줄은 꿈에서조차 상상하지 않았다. 당시에 차라는 학문의 영역이 있는지도 모르고 있었다. 단지 음료의 한 종류며 커피의 아류라고 생각하고 있었다. 차에 대해 하나도 모르던 내게 차를 공부할 수 있도록 아낌없는 후원을 해 준 사람 덕분에 박사 학위도 취득할 수 있었다. 소수의 사람들은 내가 처음 차를 접했을 때 느끼고 생각했던 것처럼 학문으로서의 가치를 인정하지 않고 있다. 그들에게 서운하다는 표현은 어울리지 않는다. 우리는 알지 못하는 영역에 대해서는 생각이 갇혀있다. 내가 차를 배우면서 느꼈던 많은 것들을 차를 미처 알지 못하는 이들에게 나누어 주면 될 것이다. 나에게 차를 알게 해준 그 사람의 행동처럼 느닷없이 사람들 속으로 들어가고 싶다.

## 차를 공부한다

내가 다니던 석·박사 과정의 학생들은 젊은 사람을 찾기가 힘들다. 역설적으로 말하면 학생들이 교수보다 나이가 많다. 그렇다고 배움의 열정이 적은 것은 아니다. 오히려 무모할 만큼 정열이 넘친다. 환갑을 넘긴 분이 많았다. 그들이 제일 힘들어하는 것은 공부가 아니라 컴퓨터로 하는 작업이었다. 매주 있는 발표 준비는 PPT가 기본이 되었다. 책상 위에 돋보기는 기본이었다. 나는 돋보기는 없었지만 시력이 좋지 않아 수업 중에는 안경을 착용했다. 우리 교실의 진풍경은 돋보기든 안경이든 얼굴 위에 동그란 눈을 추가로 가지고 있는 것이다. 우리는 차 공부를 하는 아줌마들이었지만 석사 학위도 받았고 더러는 박사 학위도 받았다. 물론 쉬운 일은 아니었다. 학생들의 집이 서울·대전이면 교통편이라도 좋지만 부산, 대구, 진주를 포함한 경상도, 전라도, 충청도 혹은 강원도에서도 온다. 어떤 학생은 하루 전날 학교 근처에 와서 자고 수업을 들어오는 이도 있었다. 나는 학교 수업이 있는 날이면 새벽밥을 챙겨주고 서둘러 출발해야 했다. 수업이 있는 수요일은 모든 것에서 자유로워졌다. 약속이나 계획에서 늘 수요일은 빠져 있었다. 오로지 공부를 위한 시간이었다. 이날은 아줌마가 아닌 학생의 모습으로 교수님도 만나고 학우들도 만났다. 현재를 살면서도 30년 전의 모습이 차를 공부하는 동안에는 가끔씩 보인다.

## 골동품 가게에서 만난
## 과거의 시간

언제부터인지 정확히는 알 수 없지만 남편을 따라 골동품 가게를 간다. 골동품이라는 이름으로 진열되어 있는 물건들이 아직도 낯설다. 작은 불만을 가지고 따라 나섰다가 우연히 작은 찻잔이나 접시를 발견하곤 하였다. 더러는 이가 빠져 사용하기 힘든 경우도 있고 또는 찻잔 받침이 없이 혼자 덩그러니 남은 경우도 있었다. 그래도 필요에 의해 사서 올 때가 있다. 물론 아주 적은 돈으로 구매가 가능하다. 작은 찻잔이나 접시의 지나간 시간 속 잔잔하고 소소한 사람들의 이야기가 궁금할 뿐 금전적인 수익을 위해서 투자 가치가 있어 사는 것은 아니다. 이번에는 두 딸과 함께 찾은 가게에서 예쁜 접시를 발견했다. 상처 하나 없이 말끔한 차림의 접시와 찻잔들이었다. 시대별로 구매를 마치고 돌아서는 나는 가슴이 벅찼다. 이 아이들은 어떤 연유로 전 주인을 떠나 내게로 오게 되었는지 생각해 보게 된다. 주인의 관심과 사랑이 변해서인지 아니면 나이가 들어 쓰임이 끝난 것인지 알 수는 없지만 여전히 제 모습을 그대로 유지하고 있어 정말 다행이었다. 아마 전 주인에게 무척 사랑받았던 존재임에는 확실하다. 주인의 손길이 느껴지는 그것들을 안고 돌아오는 길에 아이들은 논쟁 중이다. 아이들은 누구의 것인지 모르는 골동품들은 사고 싶지 않다고 했다. 나 역시도 그랬다. 누구로부터 흘러 와서 어떤 대접을 받으며 머물렀는지 모르기에 그들을 사는 것이 썩 좋은 느낌은 아니었다. 하지만 예전에 누구의 삶의 한 부분이었던 그 물건들 속에서 나는 과거를 본다.

## 소소한 감정이 그립다

꽃은 자신의 존재를 각인시키고 사람에게서 멀어진다. 벚꽃이 그러하였고 목련이 그러하였다. 집 마당에 가득 심어서 꽃으로 피어난 장미도 내게 인사를 건넨다. 사람에게도, 내게도 각인된 너를 남겨두고 떠나는 때가 있다. 너를 보고 있으면 가슴이 저리도록 설레었던 적이 있었고 너를 만나고 떠나는 이별이 싫어서 시간을 붙잡아 밧줄로 꽁꽁 묶어두고 싶었던 때가 있었다. 이런 시간이 지나고 나면 들꽃들의 소소함이 그립듯이 사소한 감정들에 녹아있는 사람들이 그리워진다. 시간 따라 함께 흘러와서 어제의 이야기를 오늘처럼 이야기하고 내일 보지 못해도 그다음 날 보아도 서먹하지 않고 참을 수 있는 사람이면 더 좋다. 내 감정에 자연스럽게 녹아들어 나는 네가 되고 너는 내가 되어 있는 사람의 모습이 그립다.

## 좋은 일이 생길 것이라고
## 주문을 건다

일 년 동안을 노력하게 하고 버티게 했던 결전의 날이 시작되었다. 태양은 여전히 뜨겁고 시간은 또 흐를 것이다. 언젠가는 시간이 우리를 이곳으로 데려다줄 것을 예고했지만 여전히 시간의 빠름에 당혹스러운 것은 사실이다. 하지만 일 년 동안 노력한 일에 대한 좋은 결과를 빨리 보고 싶어 하는 것도 같다. 간절함과 정성을 보태어 좋은 결과가 있으리라는 믿음이 있다. 마치고 돌아서는 발걸음이 상쾌했으면 좋겠고, 힘을 보태는 이와 기쁨의 포옹을 할 수 있으면 더욱 좋고, 기쁜 마음으로 소식을 전하는 전화벨이 울리기를 바란다. 틀림없이 그럴 것이다. 그럴 시간을 고대하면서 오늘도 간절한 기도를 한다.

## 해바라기를 심으며

집 마당에 해바라기 꽃씨를 한 줌씩 뿌려 놓는다. 일부는 씨앗에 뿌리를 내릴 것이며, 또 일부는 친구들의 거름이 될 것이다. 한아름이 될 꽃을 기대하면서 벌써부터 해바라기처럼 마음이 충만해진다. 해바라기는 자신의 몸보다 큰 꽃을 달고는 그렇게 해를 따라다닌다. 언제 휘어질지 모르는 몸으로 여름의 태풍도 잘 견뎠다. 그 덕분에 해바라기 속에 씨앗이 가득 찼다. 그 힘겨운 시간들을 잘 버텨준 해바라기에게 큰 박수를 보내려니 어느새 고개를 숙이고 있다. 아마 인간이 하는 짓을 해바라기는 미리 짐작하고 있었나 보다. 말 못 하는 자연이 우리에게 주는 혜안은 우리 인간이 감히 범접할 수 없다. 아무리 잘났다고 떠들어도 우리는 늘 자연에게 배우게 된다. 언제 고개를 숙여야 하는지 무엇을 견디고 어떤 것을 위해 참아야 하는지 자연은 잘 알고 겸손하게 소리 없이 그저 행동으로 실천한다. 나는 오늘 해바라기를 보면서 겸손을 배운다.

## 이름 모를 꽃들에게

창문을 열면 졸졸거리는 물소리가 들리고 그 옆에는 꽃들이 한창이다. 필요에 의해서 개울을 만들고 물길을 열어두었다. 열기를 식히려는 의도도 다분히 포함되어 있음을 짐작할 수 있다. 여기는 사막 한가운데라 주위는 온통 마른 흙만 가득하다. 사람들이 사는 집이 있는 곳만 푸른 나무와 잔디가 있으며 화려한 색의 꽃들이 피어있다. 인간의 힘이 얼마나 위대한지 새삼 느껴진다. 파란 잎이 무성한 나무 뒤의 낮은 산에는 풀 한 포기 찾아볼 수가 없다. 그 산은 민낯으로 태양과 마주하고 있어 열기가 그대로 느껴진다. 사람이 사는 곳과 아닌 곳의 경계가 뚜렷한 이곳에 핀 꽃들도 색이 아주 화려하다. 아마 사람들의 관심을 벗어나면 살기 힘들다는 것을 알고는 저렇게 존재를 알리기 위해 뚜렷한 색으로 사람들에게 알리고 있나 싶다.

## 풀 뽑기

전원주택 생활이라 하면 여유로움을 생각한다. 그래서 누구나 한 번쯤 꿈꾸는 것이다. 앞마당에 잔디를 심고 작은 샘을 파서 예쁜 물고기도 키우고, 그 주위에는 꽃나무를 심어 철마다 피는 꽃을 보면서 함께할 사람들과 차 한 잔 마시며 살아가길 희망한다. 하지만 전원에 주택을 짓고 사는 사람들에게는 여유로움 따위는 없다. 봄부터 시작되는 풀과의 전쟁은 겨울이 다 되어서야 끝이 난다. 일주일 동안 집을 살피지 않으면 집 주위는 이미 풀이 장악하여 사람의 흔적까지 묻어버린다. 물론 풀을 외면하고 살 수 있다면 가능할 것이다. 나는 그렇지 못한 성격이라 오늘도 풀을 뽑는다. 풀 뽑기를 마치면 깨끗해진 집이 배시시 웃는다. 이 작은 기쁨으로 내일 또 풀을 뽑고 있을 것이다.

## 복숭아를 먹는다

정원 한쪽에 오래된 복숭아나무가 한 그루 있다. 예전부터 그곳에 터를 잡고 있었던 것은 아니고 주택을 지어 이사를 오면서 들여 온 나무였다. 나이가 꽤 많은 나무다. 처음에는 복숭아가 열릴지 걱정이 될 정도로 나무는 마르고 갈라져 있었다. 그 나무는 예상을 깨고 복숭아를 많이도 달았다. 이 복숭아나무가 우리 집 정원에 올 수 있었던 이유는 한 사람의 체질이 변했기 때문이다. 남편은 복숭아 알레르기가 굉장히 심했다. 복숭아 냄새에도 힘들어해서 몰래 복숭아를 사 먹고는 완전범죄라고 생각하고 복숭아 껍질을 버렸는데도 흔적을 잘 찾아내어 싸움이 되었었다. 그러던 사람이 마당에 복숭아나무를 심자고 할 때 도대체 무슨 의도인지 파악하기 힘들었다. 복숭아로 인해 과거에 안 좋았던 감정이 봇물처럼 터져 나와, 복숭아꽃은 도화살이 있어 집안에 있어서는 안 된다는 말로 반대했지만 상관이 없었다. 진심이어서 나도 더 이상 반대하지 않았다. 그렇게 들어온 복숭아나무는 봄에는 연분홍 꽃을 가득 피우고 여름에는 가지마다 열매를 달고 있다. 잘 익은 복숭아는 오롯이 내 것이 된다. 복숭아를 먹지 못하는 사람은 그저 옆에 서서 지켜보고 있다.

## 나보다 값진 소나무

모임이 있어 급하게 문을 잠그고 집 전체를 안전장치에 맡기고 집을 나갔다. 점심을 먹고 있는 중에 보안회사 직원의 전화가 왔다. 집에 불법침입이 있어 비상벨이 울리고 있다는 것이다. 놀란 마음에 직원을 먼저 보내고 급히 집으로 왔다. 그랬다. 불법침입이었다. 육십이 넘어 보이는 아주머니들이 사진을 찍느라 정신없이 정원을 가로질러 다니고 있었다. 어처구니가 없어 말이 나오지 않았지만 당황하는 보안회사 직원을 돌려보내고 나는 화가 얼굴에 묻어 나왔다. 아는 분들도 아니었다. 물론 아는 사람이거나 남편이 아는 분이었다면 사전에 연락을 줘서 이런 황당한 일은 벌어지지 않았을 것이다.

우리 집 정원에는 옆으로 누워서 나름 편해 보이는 소나무가 있다. 이 나무는 옮겨 심고도 한동안 링겔을 달고 있었다. 우리가 보는 편안함은 그네가 편한 것은 아니었던 것이다. 하늘을 향해 뻗어야 할 가지들이 오히려 땅과 가까이 있으려니 얼마나 힘들었겠나 싶었다. 꾸준한 보살핌으로 제법 자리를 잡고는 귀여움을 받고 있는 나무였다. 그런 나무 위에서 아주머니들은 신발을 신고 올라서서 또는 걸쳐 앉아 사진을 찍고 있는 것이다. 미안하다는 말과 함께 아주머니들은 돌아갔다. 나보다 값진 대우를 받는 이 나무는 오늘은 누군가의 사진 속 배경이 되었다.

## 초보 농사꾼

뒷마당에 온갖 종류의 채소와 고추나무 몇 포기, 오이·가지 몇 포기, 깻잎 등을 심어 손수 가꾸어서 밥상 앞에 정갈하게 씻어 둔다. 따뜻하게 지어진 잡곡밥과 된장찌개로 식사를 한다. 주위에는 친구들의 웃음소리와 고기 굽는 냄새가 자욱하다. 누구나 한 번쯤 꿈꾸는 전원생활이다. 물론 약간의 오차는 있지만 나는 그런 생활을 하고 있다. 상추와 로메인도 심고, 방울토마토, 대추토마토, 참외, 수박, 오이, 옥수수도 심었다. 고추도 200포기나 심었다. 상추와 로메인은 씨앗으로, 다른 것들은 모종을 사서 심었더니 잘 자라 주었다. 오이도 제법 잘 열려 주어서 오이냉국이며 무침을 해 먹기도 하고 남은 오이는 친구들이 가져가기도 했다. 친구들이 오는 날이면 고기를 사서 바비큐를 하고 고추도 따고 상추며 로메인 그리고 각종 종류의 쌈 야채를 씻어서 즐거움을 보탠다. 방울토마토는 익는 속도가 빨라서 친구들과 나누어 먹어야 할 판이다. 고추도 아삭아삭하니 맛있고 야채들은 금방 따서 씻으니 신선하다. 내년에는 올해의 수확량으로 봐서 토마토와 고추는 아주 적은 양을 심어야 할 것 같다. 아직 호박은 열리지 않고 풀인지 호박인지 구분이 안 되고 있다. 이유를 알 수 없으니 내년에는 호박은 빼야겠다. 정원에 있는 야채는 나의 손길로 잘 자랐지만 밭에 있는 것들은 풀의 점령을 이겨내지 못했다. 고추 200포기의 수확량은 한 줌이었다. 아마 약을 치지 않아 병충해를 이기지 못했고 농사꾼의 발걸음 소리를 듣지 못해서 제대로 자라지 못했을 것이다. 그래도 올해의 수확은 과분했다.

## 겨울 속으로
## 당당히 걸어 들어간다

가을의 꽃들마저 하나씩 지워져 갈 때 나무는 그동안 감추었던 속살을 내보이기 시작한다. 너무나 당당한 그들을 보면서 살짝 엉뚱한 생각을 했던 내가 민망해진다. 전라의 모습으로 내게 왔지만 너무나 많은 세상의 진리를 담아서 전해 준다. 그 진리는 세 계절을 지나면서 치열하게 지내온 역사이기에 그들은 조금의 후회도 없는 듯하다. 겉치레에 아랑곳하지 않고 속을 보태고 나누어 주어서 더 이상의 불필요함을 제거하고 있는 것이다.

이 겨울 속으로 걸어가면서 후회의 깊이와 넓이는 나의 키를 훌쩍 넘기고 있다. 늘 계절마다 찾아오는 이 후회는 언제 끝을 보이려는지 알 수가 없다. 내 나이도 세월의 겨울로 접어드는데 난 아직도 두르고 걸치는 것들이 더욱 많아진다. 언제 모든 것을 비워내고 걷어내어 자유로운 몸짓을 가질 수 있을지 모르겠다. 아마도 아직도 많은 세월을 보내야 하지 않을까 하는 생각이 든다.

## 장미꽃 축제

정원에 심은 장미가 꽃을 피우기 시작해서 벚꽃이 지난 자리를 메우고 있다. 5월이 장미의 계절이라는 말이 어색하리만큼 4월이면 꽃이 핀다. 이제는 계절을 한정 짓는 꽃은 없는 것 같다. 지구 온난화 때문인지 모르겠지만 꽃은 계절보다 빨리 우리에게 온다. 우리 역시 그 현상을 아무렇지 않게 당연히 받아들인다. 5월 어느 날 지인들을 불러 장미 축제를 열었다. 음식도 만들고 장미와 어울리는 자리를 만들기 위해 화려한 테이블 세팅도 마쳤다. 인간이 만든 화려함이 자연이 주는 화려함보다는 못하지만 그 어울림이 좋았다. 그러고 보면 인간도 자연의 한 부분임을 인정할 수밖에 없다. 인간들이 잘났다고 나서지만 우린 결국 자연으로 돌아간다. 자식이 엄마의 품을 잊고 살듯이 우리 역시도 자연을 간혹 지우고 산다. 외롭고 힘들 때 엄마 품을 찾아 달려가지만 그때는 이미 엄마를 볼 수 없을 수도 있다. 내가 요즘 많이 힘들어 자연을 찾아 들어와 살고 있나 보다. 사람들에게 지치고 당해서 그 상처를 안고 들어온 이곳에서 장미 축제라는 이름으로 나를 위로하고 있나 보다.

## 달빛축제

오늘은 달이 휘영청 밝은 보름이다. 달빛 사이로 쏟아져 내리는 감정을 담아 차회를 연다. 시간을 정하고 달이 잘 보이는 장소를 찾아 소박한 찻자리를 준비한다. 찻상 위에 비치는 촛불, 호수 위에 비친 달과 하늘에 떠 있는 달빛이 밝고 좋아서 내 가슴속까지 가득 들어온다. 따스한 기운이 심장을 거쳐 단전까지 내려가는 동안 그동안의 슬픔을 잠시 접어두기로 한다. 지나간 시간보다 중요한 지금 이 시간에 감사하기로 하자. 늘 지나간 시간과 슬픔에 잡혀서 오늘을 제대로 보지 못했다. 죽을 것 같았던 지난 아픔보다 오늘의 차분한 이 시간들을 소중하게 받아들이고 이 힘으로 내일을 살아가자. 나이를 먹는다는 것을 거부할 수는 없지만 그 시간 시간 나의 발걸음이 함께하기를. 많은 시간을 함께했던 내 나이는 욕심이 부질없음을 알고 내려놓을 수 있는 현명함을 주었고 소중한 것들을 잊지 말고 살라며 지혜를 주었다. 사소하다고 생각했던 날들이 얼마나 나를 지탱하는 버팀목이었는지 이 나이에 알게 되었다. 오늘은 차회가 나를 철들게 했다.

## 우리는 꽃이 피고 질 때를 알고 있다

살아가면서 자연스럽게 알게 되는 것들이 있다. 꽃이 피는 시기도 꽃이 지는 시기도 말이다. 간혹 지구 온난화 현상으로 우리의 예상을 벗어나는 경우도 종종 있다. 우리 인간은 이해라는 큰 무기를 가지고 있어 기다리며 즐기면 된다. 조금 생각보다 벗어난다고 짜증을 내는 속 좁은 행동은 하지 않는다. 예상을 하고 있다는 것은 우리 인간에게 안정감을 준다. 전혀 예상치 못한 일에 대해 대처하는 방법은 사람마다 다르다. 차분하게 받아들이고 때를 기다릴 수도 있고, 오로지 남 탓 하면서 전전긍긍하며 현실에서 도피하는 사람도 있다. 기다린 사람은 즐길 준비가 되어 있어 행복하고 남 탓만 하는 사람은 꽃을 즐기지 못하고 지는 꽃만 바라보게 된다.

우리의 자세에 따라 인생도 바뀐다. 순간순간 다양하게 펼쳐지는 것이 모두 행복하고 즐겁지 않을 수 있지만, 적어도 행복한 순간을 놓치지 않는다.

# 3부

# 골목길에서
# 보이는
# 것들

## 안개는 세상을 감추고
## 사람의 눈이 해야 할 일을 상기시킨다

짙은 안개는 아주 지척에 두고도 눈이 보지 못하는 것들에 반성하게 하고, 깨달음을 회상시키는 역할을 동시에 한다. 너무나 가까이 있어 언제나 잘 볼 수 있어서 소홀하고 무심했던 것에 대한 상기를 위해 안개는 존재한다. "언제나"라는 말이 무색해짐을 느끼게 하고 그 말은 언제든 사라질 수 있음을 내포하고 있다는 진실에 가깝게 만들고 있다. 그 진실은 우리의 편의에 의해 잠시 없었던 것으로 만들고 있었다. 세상의 아름다운 이야기도 그리고 오늘을 버티며 살아갈 이유도 이 진실 때문임을 우리는 가끔씩 마음에서 지우고 사는 것이 아닌가 싶다.

# 젊다, 늙다라고 판단하는 사람들에게

온종일 누워 침대와 친해지는 중이다. 요즘 생활의 주된 공간이 침대가 전부라는 것이 슬프다. 아니 지금 내 나이에 서러워지는 것이 너무 많다. 온몸이 슬픔을 잘 인지하여 뼈 마디마디에 잘 전달하는 것도 슬프고, 더 나아가 내가 존재하는 것도 슬프다. 생각한다. 저 산속 어딘가 햇볕 잘 드는 곳에 자리 잡고 누워 있고 싶다고…. 아마 이런 생각에 빠져 있다면 이미 늙은 것이다. 하지만 늘 꿈꾸고 긍정적인 생각으로 자신을 잘 붙잡고 있으면 그대는 결코 늙은 것이 아니다. 나이는 숫자에 불과하다고 말하는 이유를 알겠다. 내 생각에는 나이를 숫자로 정한 이유는 사회적 질서와 규범을 정하기 위해서일 뿐이지 더 큰 의미는 없는 것으로 보인다. 그래도 나이는 정직하다는 것을 잘 안다.

# 사랑한다,
사랑받는다

사랑한다, 사랑받는다는 사랑하는 주체에 따라 달라지는 말이다. 나 아니면 너의 대상에 따라 사랑이 달라진다. 아마 사랑의 의미는 누구에게는 행복하다는 말의 다른 표현일 것이다. 사랑도 여행 같은 것이 아닐까 싶다. 여행을 하게 되면 늘 설레고 즐겁고 행복해지기를 소망한다. 하지만 여행이 늘 우리가 꿈꾸던 이상이 아닐 때도 있다. 힘들고 지쳐 이 여행을 왜 했는지 근본적인 의문을 품을 때도 있다. 누구와 하는 여행이냐에 따라 그 효과가 크게 달라질 것이다. 사랑도 마찬가지일 것이다.

사랑의 대상이 누구인가에 따라서 말이다. 여행이 한곳에 머물지 않고 떠나기를 반복하듯이 사랑도 한곳에 머물지 않는 속성이 닮은 듯하다. 물론 여행 중에 그곳이 너무 좋아서 정착하는 이가 간혹 있듯이 사랑 또한 한 사람을 평생 생각하는 의리 있는 사람도 있을 것이다. 아마 나는 사랑에게 의리를 요구하는 사람인지도 모른다. 그래서 늘 힘들어한다. 의리와 사랑을 구별하는 눈을 가지지 못해서….

## 책은 머리로 읽는 것이 아니라 가슴으로 읽는 것이다

우리 집에서 소중하게 생각하는 곳은 사방이 책으로 이루어진 작은 서재다. 물론 남편이 좋아하는 책과 내가 좋아하는 책은 확연하게 구분된다. 남편은 정치적이거나 사상적인 것 또 위인들의 이야기가 주를 이룬다. 아마 그 분야에 관심이 많기 때문이리라. 나는 전혀 그렇지 못하다. 어려운 이야기나 극적인 전개를 좋아하지도 않고 그런 책들은 이해도 힘들다. 나는 책을 읽을 때 머리로 읽지 않고 가슴으로 읽는 편이다. 그래서 남들이 책을 머리로 읽고 다른 이들에게 자랑하기 위해 말하는 것을 간혹 보게 되면, 그들은 글에 나와 있는 드러난 문장만 가지고 설명하고 해석하다 보니 글쓴이의 진정성을 헤아리지 못하는 실례를 범한다. 그들에게는 작가의 의도는 어디에도 없다. 글의 깊이도 깨닫지 못하고 단지 책을 많이 읽고 있다는 것을 자랑하고 싶을 뿐이다.

책은 교과서처럼 외우는 것이 아니고 가슴으로 느끼는 것이다.

## 겨울이
## 화를 내고 있다

며칠 동안 엷은 미소를 보내던 겨울이 오늘은 심술을 잔뜩 부리고 있다. 무슨 일인지 가늠할 수 없지만 자신의 존재를 살짝 잊고 있음에 대한 서운함의 표현일 것이다. 내가 추측하기에는. 물어보지 않았으니 확실하지 않다. 오늘은 바람도 세차고 바람이 데려온 햇살도 차갑다. 호수 위에는 철새 한 마리 날지 않는다. 아마 그들도 겨울의 심술을 피해 잠깐 쉬고 있나 보다. 무관심이 불러온 참사를 오늘 호되게 당하고 있다. 머리카락은 억새풀이 제 몸을 바람에 맡겨 휘날리는 것처럼 제멋대로 모양도 없이 날리고 있다. 뼈마디마다 찬 기운이 스며들어 언제든 동태가 될 준비가 되었다. 그동안 겨울이 보내던 따스함에 대한 감사를 조금이라도 준비했다면 이런 고난을 당하지 않았을 것을 하는 후회가 밀려든다. 후회는 미래보다 과거에 더 친밀하다.

## 나무는 맞설 준비를 하고 있다

옷가지 하나 걸치지 않은 나무를 보면 안쓰러운 느낌이 든다. 봄이라는 미래를 위해 고난을 이겨내고 있지만 겨울은 나무에게도 나에게도 추위라는 불친절한 아이를 데려다준다. 나는 능동적인 자연의 소산물이라 옷을 입어 추위를 밀어내고 있지만 나무는 누군가의 생각과 보살핌을 받아야만 하는 존재라 그냥 우뚝 서 있다. 하늘 아래 외로이 또는 꿋꿋하게 혼자서 말이다. 오늘은 나무에게 옷을 입힌다. 이제야 나무를 생각하고는 옷을 사서 꼼꼼하게 입혀본다. 그런데 여기는 인간의 욕심이 내재되어 있다. 가까운 미래에 무성한 잎과 꽃을 보겠다는 야무진 기대가 숨겨져 있다. 물론 나무도 알고 있을 것이다. 능동적인 인간이 얼마나 이기적인지를.

## 내 안에 존재하는
## 삶의 진실에 대하여

사람이 살다 보면 어제와 같이 오늘도 평온하게 지내는 것이 얼마나 다행스러운 일인지 모른다. 그 또한 큰 행복임을 알게 된다. 젊을 때는 어제와 다른 오늘을 간절하게 원했다. 어제와 나의 삶을 비교하고 남들과 비교하며 즐겁고 행복하기를 원했다. 평온하게 지나가는 일상이 지루했고 늘 포인트가 있어야 하고 중요한 밑줄이 존재해야 하는 것이라고 알고 있었다. 그런 삶이 나에게 얼마나 힘겨웠을지 지금 생각하면 참 어리석은 생각에 빠져 시간을 낭비했구나 싶다. 조금만 더 일찍 바르게 세상을 보는 눈을 가졌더라면 인생이 그렇게 고단하지 않았을 것이고 순간순간 행복하지 않았을까 싶다. 그 덕분에 오늘을 바라보는 법이 달라졌을 수도 있겠다 싶다. 세상에 공짜는 없으니 값비싼 수업료 덕분에 오늘을 감사하는 일도 많아졌다.

## 과거는 말하지 말고 추억하자

흔히 "너는 과거로 시간을 돌린다면 언제로 돌아가고 싶니?"라고 묻는다. 나는 단 한 번도 주저하지 않았다. 과거로 돌아가고 싶지 않다. 이 나이가 꼭 좋은 것은 아니지만 그때보다 더 열심히 치열하게 살 자신이 없기 때문이다. 죽을 만큼 아니 죽기를 각오하고 살았다. 나에게는 살아가는 것이 아니라 살아내는 것이었다. 오늘을 살아내지 못하면 나에게 내일이 없었다. 불행하다고 느낄 여유도 없었다. 그저 빨리 시간이 지나서 아이들이 자라고 나이를 먹고 싶었다. 죽음도 그다지 두렵지 않았다. 그런 어설픈 과거가 없었다면 시간이 주는 여유를 알지 못했을 것이다. 그래서 지금 작은 행복에 만족할 줄 알고 나를 기만하지 않고 알뜰하게 시간을 보내며 과거를 추억이라고 말하는 여유를 가지고 살아가고 있다.

# 지구의 반대쪽에도 사람은 살고 있다

새벽보다 더 이른 시간에 차를 타고 어둠을 헤집고 도착하면 사람들로 장사진을 이룬다. 어디를 저리도 몰려서 급하게 떠나가는지 알 수 없지만 나 역시 급하게 짐을 보내고 비행기 티켓을 받아 간단하게 배웅 나온 사람과 짧은 작별 인사를 한다. 애절함이나 먹먹함보다 간단하게 치르는 형식적이고 습관적인 부분일 뿐이다. 15시간을 거슬러 지구의 반대편에 와 있다. 오늘의 시간이 아닌 어제의 시간에 머물러 있게 되는 신비로운 경험과 함께 말이다. 도착해서 안부를 전할 때면 내가 살았던 곳은 벌써 한밤중이라 간단하게 메시지를 남겨둔다. "잘 도착했으니 걱정 말아요. 일어나면 통화해요." 그러고는 반복되는 일상이 시작된다. 이곳이 낮이면 그곳은 밤이 된다. 내가 잠든 시간에 심하게 울려대는 전화가 많다. 아마도 시간의 반대쪽에 와 있다는 생각을 못 하고 있든지 아니면 잊어버리고 있을 수도 있겠다 싶다. 이곳도 사람이 사는 곳이라 눈 마주치면 인사하고 강아지들을 데리고 달리기도 하고 슈퍼에는 사람들로 붐비고 자동차 경적 소리는 이곳에서도 우렁차기는 마찬가지다. 이층 사람들의 쿵쾅거리는 소리에 잠을 깨기도 하고 집을 몇 달씩 비워 둔 대가로 고장 난 것들이 자신의 존재를 알리고 있어 사람을 부르고 사람 사는 일은 다를 바가 없다. 단지 떠나와 있다는 외로움이 함께하고 있을 뿐이다.

## 나는 귀가 두 개
## 입이 하나다

내가 차를 시작하기 전에는 분명 입이 두 개고 귀가 하나였다. 다른 사람이 준비되기 전에 입은 말을 하기 위해 분주하게 움직인다. 말이 입에서 떨어지기도 전에 또 다른 말이 목구멍을 밀고 나오고 있다. 마른 입 안을 침으로 위로하면서 내용이 무엇인지 모를 정도로 말이 풍년이다. 그러나 차를 시작하고 마시는 시간이 흘러가면서 내 몸의 존재를 파악하기 시작했다. 귀가 두 개인 이유와 입의 역할을 바르게 알게 되었다. 이제는 나의 말보다 다른 이의 말을 듣는다. 내가 조용히 차를 우리고 있는 동안 나 외의 사람이 입을 열심히 열어서 자신의 모든 것을 쏟아내도록 한다. 재미있는 이야기면 그저 함께 웃어 주고 고민이면 듣고 함께 공감해 준다. 차를 통해 나의 입과 귀를 배려하게 되었고 다른 사람들과 소통하게 되었다. 배려와 소통이라는 말이 넘쳐나고 있다. 우리는 과연 얼마나 그것들을 이해하고 실천하고 있는 것일까!

# 골목길에서
보이는 것들

큰길을 걸어서 끝도 잘 보이지 않는 예쁘고 아기자기한 골목길을 들어서고 있다. 그 길 군데군데 보이는 집에서 사람 냄새, 이름 모를 작은 꽃과 익숙한 나무에게 한껏 정을 느끼고 더 깊숙한 골목길로 들어선다. 간혹 만나는 사람도 있다. 내가 원하든 원치 않든 그 골목을 예전부터 걸었던 사람들, 살고 있는 사람들, 나처럼 지금 막 그 길을 들어서는 사람들, 인사를 건네는 사람들, 그 끝에 분명 나와 상관 있는 행복한 일들이 있으리라는 기대를 안고는 그 길을 걸어보려고 한다. 사실

겁이 나지 않는 것은 아니다. 단 한 번도 남이 닦아 놓은 평탄한 길에서 벗어나는 일이 없었다. 그것이 내가 사는 방식이었고 규범이었다. 남의 이야기 속에 비극적인 주인공이 되는 것도 싫었다. 또한 남의 이야기로 내 시간을 빼앗기기도 싫어서 오직 내가 감당할 수 있는 길이 최선이라고 생각하고 걸었다. 나에게 주어진 이 작은 상자가 세상의 전부라고 생각하고 스스로를 위로하고 안도하고 있었던 것이다. 이제 그 상자를 열고 세상 밖으로 나와 힘차게 그 골목에서 다시 시작해 보려고 한다.

## 행복은
## 오늘에 있어야 한다

인생에는 어제가 있었고, 오늘이 있고 내일이 있을 것이다. 행복한 사람에게는 오늘이 존재한다. 불쌍한 사람에게는 추억 속의 어제와 불확실한 내일만 있다. 현재 발을 딛고 서 있는 오늘은 과거에 숨고 미래에 달려들어 살아간다. 어제는 행복했을 것이라는 잘못된 기억을 소환하여 자신에게 또는 타인에게 각인시키려고 한다. 자신조차 행복의 기준을 잡지 못하고 확실하지 못한 기억에 기대어 "내가 그때는 말이야…." 그 말이 늘 나오고 나서야 다음의 말이 이어지곤 한다. 하지만 듣고 있는 우리는 안다. 아마 이것은 과거에게 주어지는 너그러움인 것 같다. 우울한 현재를 빨리 잊고 감추기 위해서 우리는 미래로 내달린다. 행복할 것이라는 확신에 찬 기대를 안고 누구도 예측하지 못하는 미래의 시간을 예언하고 있다. 하지만 오늘을 온전하게 거쳐야 내일이 온다. 오늘을 걷지 않고 내일로 갈 수 없는 것이 시간의 진리다. 오늘이 행복한 이는 오늘을 알차고 예쁘게 시간을 나누어서 알뜰하게 보낸다. 내일이 오지 않을 것처럼 어제가 없었던 것처럼 그렇게 최선을 다하며 오늘의 시간을 보낸다. 나는 지금이 오늘인가!!

## 내 의지에 의해서
## 살아본 적이 있는가!

천둥 번개와 함께 비바람이 오는 것이 눈으로 보인다. 파란 하늘에 검은 먹구름이 커튼을 치며 다가온다. 먹구름은 비라는 꼬리를 길게 늘어뜨리며 달려온다. 아니 비를 피해서 도망을 가나 싶더니 바람이 그 먹구름을 내 머리 위에 두고 가버린다. 한꺼번에 폭포수처럼 내린다. 하늘에 구멍이라도 뚫렸나 착각할 정도다. 이곳에는 비가 혼자 오지 않고 강한 바람과 천둥 번개를 꼭 데려온다. 나이 탓인지 달리기도 힘들고 빠르게 걷는다고는 하는데 솔직히 빠른 걸음인지 잘 모르겠다. 그 비를 온몸으로 다 맞고 나서야 겨우 비를 피할 수 있는 자리로 들어선다. 그러고 나면 곧 다시 햇빛이 뜨거워지다 못해 따가워진다. 덕분에 더위는 조금 식혀지는 것 같다. 나에게 주어진 삶도 이 뜨거운 여름 풍경 같다. 항상 평온할 것 같은 일상에 비바람이 몰아치고, 그 바람이 멈출 것 같지 않아 힘들어서 숨조차 쉬기 힘들어지면 또 시원한 바람 한 줄기를 내려준다. 내 의지와는 전혀 다르게 특별한 날들이 많았고, 계획과는 아무런 상관없이 누군가에게 이끌리고 밀려서 보낸 삶이 또 다시 내 의지를 벗어나고 있다. 내가 만든 삶을 살고 싶다고 누구에게 말을 해야 하는지 간절하게 알고 싶다.

## 사랑이
## 세상의 전부는 아니다

세상 사람들은 모든 일이 사랑으로 해결될 수 없다는 사실을 인식하기는 쉽지 않다. 사랑은 가장 쉬운 말이면서 가장 어려운 말이기도 하다. 요즘은 가장 쉬운 사랑만을 선택하는 경우가 허다하다. 너를 위해 목숨을 걸지도 않고 오로지 너를 위해 참고 견디지도 않을 것이며, 너를 위해 내가 존재하는 따위는 하지 않을 것이라고 다짐을 하고는 사랑을 시작하는 것처럼 보인다. 우리는 그 잘난 사랑을 위해 많은 부분을 포기하고 견디며 살았는데 지금의 사람들보다 더 행복했는지 모르겠다. 세상의 전부가 사랑으로 해결이 가능하다고 자신하고 살았는데 그 사랑은 다른 누군가의 사랑이 되어 있고 자신은 그 사랑을 훼방하는 꾼으로 전락되어 있다면 사랑에 무슨 진실이 있고 믿음이 있을까. 현재 우리 모두에게 필요한 것은 사랑이 아니라 인간에 대한 존엄과 예의다. 상대에 대한 말만 하는 소통이나 배려가 아닌 심장 깊은 곳에서 나오는 그런 마음이 더 중요하다고 여겨진다.

## 간절하면 이루어진다

아침부터 서둘러 차를 타고 한참을 달려서 절에 이르렀다. 사람들 무리와 같이 산을 오르고 나서야 원하는 곳에 자리를 펴고 소원을 빌었다. 간절하면 이루어진다는 그 믿음 하나로. 사람들은 저마다의 소원을 들고 와서 간절함을 보태어 절을 하고 기도를 하겠다 싶다. 향이 타오르고 초가 제 몸을 태워 재물이 되고 귀중하게 쓰일 돈이 모금함에 고개를 숙이고 쌀이 대중을 위해 밥으로 등장한다. 한참을 지나고서야 소원을 빌고 자리에서 일어서려 하니 다리가 저린다. 그런데도 이상하리만큼 기분이 상쾌하다. 땀범벅이 된 얼굴에 바람이 스치니 엷은 미소가 난다. 소원이 이루어질 것 같은 느낌에 안도감이 든다.

## 마음먹기 나름이다

사람이 살아가기 위해서는 먹어야 한다. 음식을 먹는 일은 참 쉽다. 하지만 마음을 먹기란 참으로 힘들다. 음식은 단순한 노력으로 가능하지만 마음은 각자 속에 있으니 참 쉬울 것도 같은데 마음대로 안 된다. 오늘 이렇게 마음먹었다가도 내일 언제 바뀌게 될지 모른다. 아니 몇 초 안에 마음에 변화가 생겨 정반대의 생각이 일어나기도 한다. 믿고 품은 마음이라도 곧 변할 것 같은 조바심에 늘 혼란스럽다. 마음을 잘못 먹고 있는 것인지 먹는 방법이 잘못되었는지 늘 확인을 필요로 한다. 이것은 마음에 등불을 켜 두어야 확인이 가능하다고 하는데 혹 내 등불이 꺼져 있어 마음을 바라보고 파악하기가 힘든 것인지 모르겠다. 하지만 오늘은 긍정의 마음을 먹기로 한다. 그러면 웃을 일도 생기겠지.

## 네가 느낀 점을 말해봐

살면서 내 감정을 솔직히 표현하는 일이 거의 없었다. 그래서 질문 중에 "네가 느낀 것이 뭐야?"라고 묻는 말이 제일 어려웠다. 사십 중반에 다시 공부를 위해 대학원에 진학을 해도 그 질문에 대한 어색함은 여전했다. 차라리 감정적인 느낌보다 지식적인 질문을 요구하는 것이 훨씬 수월했다. 하지만 인문학이니 늘 느낌에 대한 정보 공유를 원했다. 나의 답은 언제나 온전한 생각이나 느낌이 아닌 다른 누군가의 의견이나 생각을 중심에 두고 그 변두리에 색을 조금 입히는 정도에 불과

했다. 그러니 오로지 나의 느낌은 아니었던 것이다. 엄밀히 따지면 감정표절이었다. 언제부터 내 감정이나 느낌이 없었는지 기억이 나지 않는다. 분명 나에게도 감정으로 가득 채워진 날들이 있었을 것이다. 감정이 너무도 뚜렷해서 혹 다른 사람들이 불편할 때도 있었을 것이다. 내 안에 내가 없으니 당연히 내가 느끼는 감정도 없는 것이다. 이제는 나를 찾는 길을 떠나 볼까 한다. 내가 무엇을 느끼고 어떤 것에 행복하고 무슨 말에 슬픈지 정도는 알아야겠다.

## 인물에 대해서

박사 논문을 쓰기 위해 인물의 사상이나 철학에 대해서 연구했다. 기존의 논문을 통해서 정리만 잘하면 쉽게 통과할 것이라는 안일한 생각이 조금은 있었다. 얼마 지나지 않아 내 생각에 막대한 오류가 있었음을 통감했다. 제일 알 수 없는 것이 사람임을 잠시 잊고 있었던 것이다. 생각의 잘못을 바로잡기에는 이미 논문의 많은 부분이 시작되었고 다른 것을 가지고 다시 하기에는 정해진 시간이 얼마 남지 않아 꾸역꾸역 밀고 나갈 수밖에 없었다. 위인은 역사가 만드는 것이 아니라 글을 쓴 사람이 만든다는 사실에 동의하면서 막중한 책임감에 시달려야 했다. 논문을 쓰면서 아니 인물을 연구하면서 돌멩이 하나를 가슴에 얹어 놓고 시작해야 했다. 나의 시각이나 관점에 따라 이 사람의 전 생애가 날것이 될 수도 있었다. 연구자의 입장에서 시대의 흐름에서 혹은 여성의 관점에서 많은 부분이 혼동되어 갈피를 잡지 못하고 한동안 시간만 허비하고 마음만 몹시 바빴다는 기억이 새록새록 난다. 나는 감히 누구를 평가할 입장이 아니었다. 평가보다 정리하는 수준으로 논문을 마무리하기로 했다. 그리고 그들의 장점을 편견 없이 보고자 했다. 그들의 실수나 부정적인 면은 다음의 누군가에게 짐을 지우리라 마음먹고 남겨두었다. 내가 본 그들은 선구자들이었으며, 사람으로서의 실수는 적어도 스스로 인정할 줄 아는 사람들이었다. 논문을 마치면서 그들의 삶을 이해하는 지식적인 부분이 단단해졌고 나에게는 사람을 바라보는 또 다른 눈이 생겼다. 사람을 평가하기에 앞서 있는 그대로의 이해가 먼저라는 사실을.

## 몸이 아프다는 것은 삶의 쉼표다

마라톤 선수는 목적한 곳을 향해 열심히 뛰다가 음료수대가 있는 지점에서는 약간 속도를 늦춘다. 그리고 물 한 모금을 마시고는 이전보다 더 빠르게 앞으로 나아간다. 우리의 인생에서도 멈춤 없는 질주만 있다면 심장이 터져버리거나 몸에 힘이 다 빠져 나와 바닥 위를 나뒹굴어야 할지 모른다. 기계가 아닌 사람이니 더욱 쉼이 필요하다. 적절한 시간과 시기에 쉬는 것이 좋겠지만 대부분은 그것을 알지 못하고 있다가 몸이 아프다는 신호를 보내고서야 겨우 쉰다. 우리에게 주어진 아픔은 고통인 동시에 우리를 살리려는 희망이기도 하다. 작은 아픔의 신호를 소홀하게 생각하고 쉬지 않으면 우리의 삶을 관장하는 그분은 우리의 의지를 죽음으로 보고 그 길로 인도한다. 우리는 절망하고 하소연을 해 보지만 그 부탁은 별로 긍정적이지 못하다.

몸이 보내는 아픔의 신호는 삶의 쉼표로 여기고 잠깐은 쉬어가자. 더 나은 삶을 위해서.

## 참고 견디는 자에게
## 무게를 얹지 마라

우리는 남자 여자라는 하나의 부분집합으로 가정을 가진다. 함께하지 못한 각자의 인생 부분을 이해할 것이라는 전제를 두고 시작한다. 부분집합 속에서도 또 많은 고통의 부분을 공유하게 된다. 가족이라는 이름이다. 이것은 함께 만든 것이기에 꼭 이해가 가능하다고 일방적으로 생각한다. 물론 함께하지 못하는 인생도 이해가 안 되는 것은 당연하고 함께하는 사람조차 이해가 안 된다는 사실을 염두에 두지 않아 생기는 일에 우리는 더욱 분노한다. 내가 만든 틀에 너를 억지로 구겨 넣어 끼워 맞추고 너 역시도 그렇다. 이해하는 척 거짓된 행동과 말은 도를 넘어 언젠가 터질 것을 예고한다. 가정을 지켜내는 일은 단 한 사람의 일방적인 이해나 희생이 없이는 불가능해 보인다. 문제는 누군가가 아니라 본인이라고 생각하는 착오가 있기도 하다. 이 오류를 바로잡지 않으면 안 될 일이다. 가정에서 참는 사람은 강자가 아니라 제일 약자인 듯하다. 아니면 제일 무딘 사람이 이 역할에 적합하다. 참고 견디는 사람에게 어울리는 말은 무능력이 아니다. 나는 그들에게 노력이 가상하다는 큰 상을 주고 싶다. 하나의 희생으로 여럿이 행복해지고 행복하다는 착각의 길을 선택하고 있으니 말이다. 그러니 적어도 그들에게 월계관은 아니더라도 가시관은 씌우지 말자.

## 존재가 주는 가벼움

인생이 논리로 이루어지고 납득이 되는 것은 아니다. 수많은 비논리가 존재한다. 안 되는 일이 수없이 일어나고도 또 일어나는 일이 바로 우리가 사는 삶 속이다. 사람도 마찬가지다. 어제는 정말 좋은 사람이었다가 오늘은 사람도 아닌 사람이 되고, 어제는 너만 사랑했는데 지금은 너만 사랑할 수가 없게 된다. 이런 요지경 속에 살다 보니 진실은 물속에 가라앉아 버렸고 아부와 아첨이 세상을 독차지하고 있다. 진실을 갈구하고 이야기하는 사람은 어느새 미움의 대상이 되고 이들의 존재는 구석으로 밀려나게 된다. 진실이 아닌 꽃 같은 말에 동조하여 진짜 꽃인지 가짜 꽃인지 구분하지도 못한다. 수고가 필요 없는 가짜 꽃에 물을 갈아 주는 시늉을 하면서 그들의 거짓된 몸짓에 또 꽃으로 오해하고 넘어간다. 시간이 꽤 흘러 먼지가 쌓여 씻고 털어도 없어지지 않을 만큼 더러움의 무게가 채워지면 알게 될 것이다. 그러면 이미 늦다. 구석에 밀려 앉아있던 진실한 존재들은 자신을 이해하고 알아보는 이에게로 이미 떠나고 없다. 자신의 옆에는 온갖 거짓과 허영만 가득 찬 먼지같이 가벼운 인간만 남을 것이다.

## 때 늦은 사랑은
## 집착이 된다

세상을 살아가는 일에는 적절한 때가 있다. 자연이 시간의 흐름에 한 번도 제 할 일을 놓치지 않고 묵묵히 그 일을 하고 있듯이 말이다. 우리는 제 위주로 시간을 보내다가 뒤늦은 후회와 함께 다시 그 길을 되돌아 걷기를 원한다. 하지만 이미 두 사람은 길을 걷는 방향이 달라서 너무 먼 거리까지 와 버렸다. 누군가는 뒷걸음을 쳐야 하는 순간이 오면 뒤돌아 걷는 이가 누가 될 것인지 고민이 생긴다. 차라리 각자 알아서 길을 걸어 왔듯이 각자의 길을 걷는 것이 제일 좋은 방법이다. 하지만 굳이 우겨서 누군가의 희생으로 그 길을 함께 걷는다고 해도 그 길이 즐겁거나 행복한 일이 아니니다. 단지 한 사람은 사랑이라는 말로 다른 사람의 삶에 희생의 무게를 추가할 뿐이다. 한 사람은 예전과 변함없이 오로지 제 위주의 사랑을 고집하고 있을 뿐이다.

사랑이라는 말이 모든 것을 용서하고 이해하기에는 다른 한 사람도 더 이상 순수하지 않다. 서로의 존중과 배려로 남은 시간을 버텨내는 방법 이외에는 두 사람이 즐거운 마음으로 길을 나서기에는 부족함이 많다. 때 늦은 사랑은 이미 사랑이 아닌 집착에 불과하다. 사랑도 제때에 해야 한다.

## 사람은 참아야
## 함께 오래 간다

요즘은 배려와 소통이라는 말이 흘러넘친다. 그 말이 우리 사회에 필요해서 하는 것인지, 말의 의미가 좋아보여서 너도 나도 하는 말인지, 많은 사람들의 말 속에 이 말이 있다. 말은 남에게 강요하기 위해서가 아니라 내가 지키기 위해서 해야 한다고 생각한다. 하지만 소수의 사람들은 그 말과 전혀 상관없이 행동함에도 불구하고 사용한다. 나는 생각을 하게 된다. 저런 부류의 삶들과 오랫동안 함께 갈 수 있을지 말이다. 분명 그들은 그들의 성향대로 한다. 그 잘난 성격으로 화와 짜증을 콤비로 가져와서는 타인의 잘못으로 말하고 스트레스를 풀고 말한다. 이해하라고 하면서 그 좋은 말들을 덧붙인다. 이해라는 말도 그럴 때 사용하는 단어가 아니듯 참고 견디고 있는 사람을 위해 사용하지 말아야 한다고 본다. 참아보지 않고 참아내지 못한 네게 참아 보라고 요구하지 않는 것처럼 그들도 참는 사람에게 오래도록 함께 가자고 하면 안 되는 것이다. 서로의 길을 가도록 하는 것이 배려이며 서로의 길에서 혹 만나면 참고 이야기를 들어주는 것이 소통이다.

## 말이 많으면
## 사람을 알아보지 못한다

우리는 대화가 필요한 것이지 일방적인 말이 필요하지는 않다. 대화는 내가 말하는 시간보다 너의 말을 듣는 시간이 많아야 가능하다. 남의 이야기를 들으면서 상대의 눈을 보면 진정성을 알 수 있고, 행동을 보면 인간됨을 헤아릴 수 있다. 그렇게 그 사람을 파악하고 관계를 정리하면 된다. 진실성이 있는 사람인지 허구로 가득찬 인생을 사는 사람인지, 아니면 적어도 사람의 무리에 둘 수 있는지 가늠이 가능하다. 반면 대화라고 착각하고 내 말만 많아지면 일단 남을 헤아리지 못한다. 그 대부분의 말에는 진실보다 헛된 말이나 버려야 할 말이 많다. 그들은 했던 말을 되풀이하게 된다. 몇 번 만나면 그 사람의 인생 스토리를 알 수 있는 사람들이 있다. 만나는 사람들도 죄다 같은 부류의 사람들이다. 척하고 거짓투성이인 사람들의 집단이 형성된다. 이들에게 무슨 진실이 있으며 신의가 있어 만남의 연속성을 바랄 수 있겠는가! 말이 많은 사람들에게 실망했다고 한탄을 하며 그들은 자신이 만든 그 집단에서 멀어지려고 한다. 말이 적은 사람들의 집단에 숨어서 들어와 다시 같은 행동을 반복한다.

## 마음,
## 세상에서 가장 먼 거리를 찾아서

세상에서 가장 먼 거리는 제 마음의 거리라고 한다. 젊어서는 사랑하는 사람과의 거리가 제일 먼 줄 알고 지냈다. 때로는 거센 파도가 일고 폭풍우 같은 그 젊음이 지나고 나니 세상을 바라보는 눈이 조금 생겼다. 네게 가는 길보다 내 마음이 더 멀어 보인다. 그리고 네 모습은 볼 수나 있는데 내 마음은 볼 수조차 없다. 볼 수 없는 마음을 타일러도 보고 화를 내기도 하면서 함께 가기도 한다. 볼 수 없으니 더 견디기 힘들고 버텨내기가 어려운 모양이다. 언제쯤 내 마음을 훤히 볼 수 있을지 모르겠다. 오늘도 내 마음의 길을 찾아 나선다.

## 내가 만든
## 나이 든 사람

어떤 이는 청춘은 신이 만든 것이고 나이는 내가 만든 것이라고 말한다. 그 말에 이해가 잘 가지 않는다. 세월이나 시간 역시 신의 영역이고 신이 만들었다면 나이도 신의 역할이지 나의 몫이 아니다. 아마도 어떤 식으로 나이를 더해 가는지의 문제가 나의 것인 것 같다. 선하고 아름다운 사람이 되는지 그저 욕심 많고 심술궂은 사람이 되는지의 선택 말이다. 어른이 되는 일은 쉬운 일이 아니다. 나이를 먹는다고 어른이 되는 것은 아니다. 나이가 주는 무게를 견뎌야 한다. 참을 줄 알고 양보할 줄 알고 내 것 하나를 덜어서 과감히 줄 수 있는 어른 말이다. 그리고 눈치 있는 어른이 되어야 한다. 젊은 청춘들에게 자기 주장만을 옳다고 강요하는 철없는 사람이 아니기를 바란다. 적어도 나는.

## 과거에서
## 나를 기억하는 사람

나이를 자꾸 먹어간다. 얼굴에 주름도 생겨나고 기억에서는 사람들의 이름이 지워지고 말과 머리의 생각이 합의를 보지 못하여 헛소리를 진짜처럼 하게 되는 나이에 있다. 말이 잘못되었음을 지적받는 일이 많아질수록 머리색도 하얗게 변해 갈 것이다. 이미 짐작하고 있지만 사실 적응이 안 되는 부분이 있어 애써 나이를 외면하기도 한다. 그런 탓으로 내 나이를 살짝 덜어내고 기억하곤 한다. 그러다 놀라서 다시 나이를 세어본다. 너는 언제나 지금의 나를 보지 않고 젊음을 가졌던 그때의 나를 기억한다. 여전히 예쁘다고 말해준다. 거짓말임에도 예쁘다는 말이 싫지 않음은 아직도 나 역시 그때의 나를 기억하고 있기 때문일 것이다.

## 좋을 때는 너였다가 힘들 때는 내가 된다

좋은 시절을 함께 지내고 나면 힘든 일이 생겨도 우리는 함께한다. 하지만 좋은 일이 있을 때는 자리를 내어주는 일이 없었다. 나에게 주어진 자리는 구석지고 습한 인적도 없는 황량한 그곳이다가 네가 즐거운 자리를 마치고 힘들고 지치면 그 자리로 찾아들어 온다. 그 많은 잘난 사람들은 지금 어디에 있는가! 나를 배제하고도 잘 놀던 그대들은 어디로 가고 이제 외로움에 잘 적응하고 사람의 배신에도 잘 견디며 지내고 있는 내게로 오는가? 그 오는 걸음이 반갑지 않은 것은 나의 잘못인지 너의 잘못인지 모르겠다. 오늘은 내가 아주 많이 힘들다.

## 제비 다리 고쳐준
## 홍부를 존경한다

어느 날 차를 타고 집을 나서고 있는데 우리 집 앞 큰 소나무 밑에 움직이는 검은 물체가 눈에 들어왔다. 다른 때 같으면 쳐다보지 않고 지나쳤는데 오늘은 우연하게 그곳으로 눈이 갔다. 잠깐 차를 세우고는 가까이 가 보았다. 새가 둥지에서 떨어졌는지 숨을 가늘게 몰아쉬고 있었다. 어찌해야 할지 몰라 한동안 지켜만 보고 있었다. 금방이라도 숨이 멎을 것 같은 새를 만지지도 못하고 그냥 그곳을 피해서 나와 버렸다. 내가 집으로 돌아오는 동안에 살아 있다면 병원에 있는 삼촌을 불러 치료를 해 주리라는 생각만 가지고 그 자리를 떠났던 것이다. 내가 새의 존재를 잊고 일을 보고 돌아왔을 때는 이미 숨이 끊어져 있었다. 측은한 마음에 한동안 마음에서 지워지지 않았다. 그제야 홍부가 제비 다리를 고쳐 준 일이 쉬운 마음이 아니라는 것을 알았다.

# 네 길이 아니라고 비난하지 마라

사람들은 자신이 만든 길 위에서 다른 사람과 함께하기를 바란다. 그 길에서는 그들이 정한 규칙이나 규범에 의해 한 방향으로 걸어야 하고 움직여야 한다. 물론 길을 벗어나는 상황이 생기면 강한 비난을 감수해야 한다. 아니면 마음 편하게 나의 길을 찾아야 한다. 이처럼 우리는 살아가는 방식이 다르다. 너와 내가 생김새부터 생각 그리고 행동까지 다르다. 우리는 같지 않다는 것 즉 다름을 인정하지 않으면 안 된다. 한 가지에서 태어난 형제자매도 다른데, 누구와 같기를 바란다는 것은 무리다. 한 사람이 다른 사람을 맞추며 걸어 갈 뿐이다. 이익에 의해서든 필요에 의해서든 또는 약한 사람이 하도 당하며 살아서 그렇듯 우리는 함께 간다. 이제는 다른 길에서 열심히 걷고 있는 너를 비난하지 않을 것이다.

## 오른손이 하는 일을
## 왼손도 모르게 하라

어느 날 TV 뉴스에 선행을 베푼 사람의 이야기가 들려온다. 그 사람은 자신이 한 일을 숨기고 싶어서 모르게 했을 것이다. 의도와 다르게 어떤 사람이었는지 궁금증이 모이면 세상에 공개된다. 그 사람은 앞으로 더 숨어서 선행을 하는 수고를 감수해야 한다. 반면 세상에 알려지기를 원하는 사람이 더 많다. 자신이 한 작은 행동마저 세상이 알아주기를 바라는 마음으로 자신의 입을 통해서 떠들고 다닌다. 그 행동이 정도를 지나쳐 보는 이로 하여금 고마움보다 위선이 먼저 보인다. 그 선행은 아무런 가치가 없이 잘난 척하는 수단에 머물고 만다.

살면서 얼마나 많은 실수를 반복하고 자신의 행동에 브레이크 한 번 밟지 않고 내달리고 있을까. 앞서가는 차의 브레이크 등에 불이 켜지면 미리 짐작하여 발을 브레이크에 올려두고 언제든 멈출 준비를 하고 있다.
도로 위 운전에서도 서로의 안전을 위해 염려하면서, 정작 우리 인생에서는 행동을 하기 전에 얼마나 짐작하고 배려하는지 생각해 볼 일이다. 오늘도 누군가는 자신의 오른손이 한 일을 열심히 떠들고 있을 것이다.

## 말이 칼날이 된다

사람들은 자신의 말을 돌아보지 않는다. 상대는 말에 상처를 입어서 피를 흘리고 있는데, 가해자인 그 사람은 아주 작은 목소리로 말한다. '미안해' 라는 모기 소리보다 작은 말로 또 아주 사소하게 넘겨버린다. 미안하다는 말을 듣고도 왜 감정이 풀리지 않고 되돌려지지 않은지 모를 일이다. 말이 칼날이 되어 상처를 내고는 그 칼날이 칼집 속으로 얼른 몸을 숨긴다고 해서 칼이 아닌 것은 아니다. 다음에 다시 칼집에서 빼는 순간 더 서슬이 퍼런 칼이 되어 있을 것이다. 우리는 칼을 찬 사람을 피해서 숨을 것이다. 그는 알지 못한다. 자신들 주위에서 사라져 버린 웃음과 정겨움과 정 많은 사람들이 어디로 갔는지 말이다. 그는 불평과 불만을 쏟아내며 또다시 칼집을 만지고 있을 것이다. 그나마 그를 불쌍히 여겨 그 자리를 지키려고 애쓰던 사람들도 이제는 원망을 줄이기 위해서라도 하루빨리 그와의 인연 줄을 끊어내고 있을 것이다. 어서 빨리 벗어나야 살 수 있을 것 같은 생존의 문제까지 생각하면서 말이다.

## 소중한 인연으로 남기

우리의 만남은 의지와는 상관없이 일방적이었다. 예정되지 않은 만남이라 무시당하는 느낌이었다. 그래서 상처를 입었고 또 울었다. 그렇게 시작된 만남은 벌써 많은 시간을 흘려 보냈지만 아직도 어색하다. 드문드문 만남이 있기는 하지만 우리는 늘 시간에 쫓기고 사람에게 당하면서도 크게 변함이 없었다. 아마 우리의 성격 때문인 것 같다. 감정의 기복이 크지도 않고 나보다 상대의 아픔을 더 헤아렸고 힘든 서로를 위로하는 사람들이었다. 일방적인 너의 희생을 이제 알게 되었다. 너의 소중함을. 언제나 같은 자리에 서서 나를 지켜볼 사람이며 나와 함께 늙어 갈 것이고 과거의 시간을 함께 가져와 현재를 살고 미래를 살 것이다. 함께 있는 시간보다 떨어져서 서로를 염려하는 시간이 더 많아도 내일 당장 만날 수 없어도 상관없다. 그렇게 많은 세월을 보냈다. 앞으로 다가올 시간도 또 그렇게 보낼 것이다. 소중한 인연으로 남아서 다음 생에는 다른 모습으로 만나기를 소망한다.

## 다른 사람 마음을 미리 짐작하기

사람들의 삶에는 뜻밖의 경우의 수가 많이 발생한다. 일이 생기면 정작 당사자는 말이 없어진다. 주위에 있는 사람들이 과거의 일부터 데려와서 온갖 추측이 넘쳐나게 된다. 본인에게 물어보면 쉽게 알 수 있는 일을 굳이 각종 억지스러운 추측으로 주위를 시끄럽게 할 이유도 없다. 상대를 위한다고 생각하고 하는 일들이 오히려 힘들게 하는 경우들이 많다. 상대에게 생각할 시간을 조금만 준다면 순조롭게 해결될 일이 참 많다. 우리는 기다림이 부족해서 참지 못해서 겪는 불행들을 흔히 상대의 탓으로 돌린다. 그들은 지금도 자신의 인생살이로 머리가 복잡한데 그것에 묵직한 돌 하나를 더 얹고는 빨리 걷지 못한다고 짜증을 낸다. 감히 다른 사람의 마음을 짐작하지 마라.

## 삶의 방식이
## 행복을 좌우하지 않는다

하늘은 높고 구름 한 점 없다. 그리고 바람은 간간히 불고 있을 뿐이다. 뜨거운 태양은 인간 머리 위를 불가마처럼 데워놓고 있다. 여기서 어떻게 살 수 있을지 의문이 들기도 하지만 여기도 사람은 살고 있다. 어느 도시와 다르지 않게 하루를 잘 보내고 있는 듯하다. 내가 견디기 힘들다고 여기서 터를 잡아 살아가는 이들의 삶에 깊이 관여하여 그것을 판단하고 있다. 내가 사는 방식과 살아온 것들을 그들에게 가져다가 그들의 삶의 순서를 정하고 있다. 나는 아직도 인생을 살아가면서 더 배우고 익히는 것들이 많아져야 하며 바라보는 시선의 폭을 넓혀야 할 것 같다. 나의 생각은 내 작은 몸을 벗어나지 못하고 있다. 내가 바라보는 시선 역시도 그렇다. 각자의 열정대로 삶의 무게로 잘 살아가고 있다.

## 행복의 가치는
## 내가 정한다

어떤 사람들은 돈이 넉넉하지 않아도 직장이 번듯하지 않아도 자식이 공부를 잘하거나 훌륭하지 못해도 지금의 생활에 만족하며 지낸다. 식구들 모두 건강해서 병원 갈 일이 없어 다행이고 아이들 사고 없이 건강하게 잘 자랐고 부부 사이도 서로를 걱정하고 염려하여 늘 서로의 안부가 궁금한 사이이다. 그래서 그는 행복하다고 말한다. 그를 지켜보면 정이 넘치는 사람이고, 자신의 감정을 다스릴 줄 알아 화를 잘 참고, 말을 함에 있어 타인을 배려하는 마음이 엿보여 근사한 사람 같고 행복해 보인다. 그런데 나는 다른 사람들과 비교하여 나를 불행하다고 생각하고 있지 않나 싶다. 맞는 말이다. 굳이 타인의 삶에 존재하지 않는 나를 그 속에 밀어 넣어서 내가 가진 작은 행복마저도 순간 망각하고 있는지 모르겠다. 비교는 불행의 늪으로 들어가 행복한 이를 시기 질투하여 행복하지 않은 사람으로 만든다. 그러면 나중에는 행복이 무엇인지조차 모르는 사람이 될 수도 있다.

## 천천히 걷는다는 것은

천천히 걷는다는 것은 여러 가지 의미를 지니고 있다. 주위를 살펴 새로운 바람의 느낌을 알아차리고 햇살의 존재를 깨닫고 더불어 그 속에 걷고 있는 나를 발견하게 된다. 대단할 것도 없이 늘 좋은 모습을 유지하려고 아등바등 애쓰고 있는 내 모습이 안쓰럽게 보인다. 나는 한 걸음씩 나에게 맞는 보폭으로 걷고 싶었는데, 누군가의 강요에 의해 뛰어다니고 감당할 수 없는 보폭으로 걸었다. 언제부턴가 나의 걸음은 사라지고 최면에 걸린 듯 다른 사람들과 함께 걷고 있다. 그 발걸음의 방향 역시도 나의 것이 아니었다. 결국 나의 방향도 목적지도 보폭도 잊어버리고 남들과 함께 정해진 길로 바쁘게 뛰고 있다. 나의 방향을 찾으려면 나는 처음부터 시작한 길을 되돌아가야 한다. 남들보다 뒤처져 힘들다고 울기도 하겠지만 그 길은 오로지 나의 것이 된다. 느리고 간혹 사람 사이를 빠져 나와 걷는 걸음이라 심심도 하겠지만 이 나이가 아니면 그것조차 시도할 수 없을 것이다. 나의 걸음을 시작하려고 한다. 두려움보다 설렘이 생기는 것은 무슨 이유일까!

# 4부

## 사소함이
## 주는
## 행복

## 찜질방에서
## 아날로그 감성을 찾다

한 해의 마지막이면서 겨울의 중심으로 들어가는 어느 날, 소박한 차 한 잔을 들고서 작은 찜질방으로 들어간다. 이곳에서의 나는, 구석기 시대 어디쯤에 와 있는 착각이 든다. 사방이 황토로 이루어진 좁은 방 안에는 오로지 혼자 머물게 된다. 간혹 만든 이의 부주의와 경험 미숙으로, 그 흙이 방바닥으로 떨어질 것을 미리 염려하여 편백나무로 테두리를 하고 있다. 지금 이 방은 나에게 자신의 처녀성을 고스란히 바치고 있는 셈이다. 그러므로 최소한 인간의 편리함이 가미되어 있을 뿐이다. 물론 공룡이 뛰거나 익룡이 먹이를 찾아 울부짖는 현상은 없다. 내 마음이 오롯이 그때의 순수로 돌아갔다. 작은 창문 사이로 겨울의 미지근한 햇빛이 방 안으로 한 발을 들이고 있다. 시끄러운 디지털 소리와 시도 때도 없이 울리는 눈치 없는 휴대폰도 남겨두고 들어

간다. 친구가 처음으로 찜질방을 개방하는 날 보내준 예쁜 꽃바구니가 있고, 차를 마실 수 있는 아담한 찻자리가 있을 뿐이다. 앗! 물 끓이는 주전자가 전기를 이용하여 큰 소리를 내면서 자신의 존재를 인지하라고 아우성대고 있다. "첫"이라는 단어가 가져다주는 오랫동안의 기억과 추억이 함께할 이 방에서 깊은 겨울의 시간을 보낼 것 같다. 나를 위해 하루 전부터 아궁이에 불을 피워야 하는 작은 수고를 하더라도 말이다.

## 사소함이 주는 행복

아침이면 눈을 뜨고, 어김없이 차려지는 밥상, 늘 하는 설거지, 그러고는 오직 나를 위한 시간의 작은 부분들 사이에서 미지근해져 버린 차를 마신다. 외부 세계와의 차단막 역할을 하고 있던 커튼을 젖히면 한껏 몰려오는 햇살, 약간의 신선함마저 느끼게 하는 겨울의 칼바람, 그리고 호숫가의 은빛 물결, 그 위를 유유히 날아다니는 철새, 나무 꼭대기 위에 자리 잡은 제법 큰 새 둥지, 소나무 가지의 작은 떨림을 알리는 흔들림, 간혹 인기척에 놀라 마구잡이로 짖어대는 개 소리, 그 틈에서 들려오는 인간의 기계음들…. 한 잔의 차가 바닥을 보이면 그때는 현실로 돌아오는(소환되는) 시간이다. 어깨는 무거워지고 아팠던 팔꿈치는 어제보다 더욱 신음 소리를 낸다. 내가 가지는 사소한 행복을 지나면 난 사람들 속에 누군지 모를 한 사람으로 서 있다.

## 말은 하고 나면 후회가 남는다

우연히 신문사 인터뷰를 할 기회가 있었다. 나에게 닥친 이 일에 반가움보다 부담감이 컸다. 아마 나는 말 잘하는 달란트는 없는 듯하다. 꾸며지는 말이나 과장된 표현은 아직 낯설기만 하다. 진실이 빠진 말은 굳이 할 필요가 없다고 여기며 살아왔다. 그 진실이 통하기에는 현실은 기다림이 부족하다. 기자의 질문과 나의 대답이 신문 지면을 통해 얼굴을 세상에 알렸다. 신문에 실린 기사를 읽고 이 질문에 이런 대답을 했어야 했는데, 그때는 생각하지 못한 것들이 지금에야 생각이 일어나는 이유로 혼자서도 얼굴이 붉어진다. 다시 되풀이한다고 하더라도 또다시 후회할 답을 할 것이다. 이 나이가 되어서도 모든 일들이 지나고 나서야 알게 되는 것인지 아직 모르겠으니 더 나이를 먹어야 할 것 같다.

## 초등학교도 편입할 수 있나?

대학을 졸업하고 한참이 지난 후에 흔히 규정짓고 있는 중년의 나이에 대학원 석·박사 과정을 마쳤다. 아마 박사라는 이름을 갖기 전에는 조금의 노력만 있으면 누구나 받을 수 있다고 쉽게 말했을 것이다. 그런데 늦은 나이에 박사 논문을 준비하면서 누구나 쉽게 받을 수 있는 것이 아니며, 조금의 노력으로 가능한 게 아니었음을 알았다. 남이 하면 불륜이고 내가 하면 사랑이라는 말이 실감나는 현실이었다. 내가 해보니 그네들을 저절로 존경하게 되었다. 내가 쓰는 글은 수필적이거나 문법에 어긋나는 경우가 많았고, 단정적인 글이거나 문장이 한없이 길어져 주장하고자 하는 의도를 파악하기 어려웠다. 그럴 때면 지도 교수님은 초등학교를 잘못 나왔다고 야단을 치곤 하셨다. 그러면 산촌에서 학교를 다녀서 그렇다고 웃어넘기며, 박사 논문을 마치면 다시 초등학교에 편입하겠다고 말하곤 했다. 이제 박사 학위를 받고 그때를 돌아보면 그렇게 뒤에서 밀지 않았다면 중년이라 합리화하면서 마무리하지 못했을 것이 분명하다. 나는 교수님의 의도를 이해하는 제자가 되었다. 아마 그분의 야단은 초등학교를 무시해서가 아니었을 것이다. 어떻게든 나이를 핑계로 멈추는 것을 막기 위한 그분만의 지혜였을 것이다. 이번 기회에 초등학교를 다시 편입해 볼까나!!

## 내가
## 싫어하는 것 중 하나

나는 살림 도구 중 몽골에서 가져온 찜통을 엄청 싫어한다. 어느 날 가져온 나의 키 반을 차지하는 큰 찜통에 곰국을 끓이기로 했다. 사실 시작부터 이 찜통이 낯설고 싫었다. 하지만 이것에 끓여야 한다는 고집과 압박에 마지못해 불에 올려두고 몇 시간에 걸쳐 끓여 마무리를 했다. 그리고 압력을 빼려고 나사를 한쪽으로 돌려놓았다. 압력이 빠져나갔다는 작은 신호음을 듣고 솥을 여는 순간 갇혀있던 곰국과 그 뜨거운 압력이 내 다리를 온통 덮쳤다. 고함소리는 부끄러움이나 격식도 없이 터져 나왔다. 찬물에 다리를 담그기도 하고 얼음을 다리에 쏟아 부었지만 물집은 이미 생겨서 어쩔 수 없이 병원으로 가야 했다. 그 치료는 생각조차 하기 싫을 만큼 아팠고 오래 계속되었다. 살들이 서로 편을 먹으려고 하는지 당겨서 잠을 이룰 수가 없었다. 한동안 목발을 사용해서 걸음을 걸어야 했으며 집 밖으로 나갈 때는 누군가의 도움이 필요했다. 그렇게 고생을 한 나는 아직도 그날의 흉터를 가지고 살아 짧은 옷은 입지 못한다. 그 찜통을 볼 때마다 아픈 기억이 나서 버리고 싶은 마음이 간절하다. 그런데도 그 찜통은 버려지지 못하고 집 한쪽에 소외되어 있다. 아마도 이 찜통과 친해지기는 힘들 것 같다.

## 당신이 누군가를 필요로 할 때

해가 지고 짙은 어둠이 완전히 내려앉기 전 그 고요함은 사람을 외롭게 만든다. 반쯤 보이는 세상과 또 반쪽은 보이지 않는 세상 사이에서 우리는 누군가의 결정이 필요할 때가 있다. 결정이라기보다 옆에 누군가의 온기가 필요하다. 내가 존재하고 있음을 느끼기에 사람의 정이 필요할 때 더러는 혼자 지내는 경우가 있다. 이것은 곁에 있는 사람에게 존귀함을 느끼게 하기 위한 누군가의 큰 그림이자 배려라는 생각을 하곤 한다. 이 시간의 누군가는 정해진 사람이 아니라도 아무런 상관없다. 달이 뜨는 광경을 좋아하는 사람이면 더욱 좋겠지만 차 한 잔 사이에 두고 척하는 마음 없이 서로를 거울처럼 비쳐 보이는 진솔한 사람이면 된다. 많은 사람들 속에서 제 마음 감추고 힘들게 웃고 살아온 사람에게도, 누군가의 지지와 관심보다 이유 없는 질책에 자신감 무너진 사람도, 제 생각이 언제나 주장이 아닌 핑계로 평가받던 사람에게도 늘 누군가는 필요하다. 하지만 이들 주위에는 늘 사람들이 있겠지만 당신이 필요로 할 때 그 누군가는 이미 없을지도 모른다.

## 사람과
## 이야기를 나누고 싶다

살면서 우리는 간혹 전쟁 중인 군인의 모습이 되기도 한다. 민간인의 신분으로서는 감히 작전을 수행할 수 없는 아주 어렵고 힘든 전쟁을 하게 된다. 언제 끝날지 모르는 지리한 전쟁을 경험하면서 더러는 전쟁을 피해 도망을 가기도 하고 더러는 장렬히 전사하기도 한다. 우리는 일상을 더러는 전쟁터보다 더 치열하게 살아간다. 가까운 사람이 배신을 하기도 하고 총알처럼 차가운 말과 폭력으로 여럿을 죽이기도 한다. 전쟁은 끝나는 시점이 있고 누군가의 이익이 있지만 우리네 싸움은 그 누구에게도 이익이 되지 않는다. 다시 그러지 않겠다고 종전을 선포하지만 또 그리고 너무 쉽게 그 지역은 전쟁터로 변한다. 아마 죽음이라는 새로운 나라가 들어서면 전쟁은 막을 내릴 것이다. 이미 그때는 전쟁의 역사를 살펴볼 누군가는 없을지 모른다. 우리에게도 영원한 평화협정만 있을 것을 기대한다.

## 사람은 변하지 않는다

사람들은 혹 어처구니없이 무모할 만큼 용감한 구석이 있다. 다른 사람들은 몰라도 "나는 저 사람을 고쳐서 살 수 있겠구나!" 하고 생각을 한다. 하지만 사람은 변하지 않는다는 진실을 이 나이에 도달하고서야 깨우친다. 수없이 반복된 잘못된 학습에서도 가능하다고 믿는 끝을 알 수 없는 무모함이 사람들을 힘들게 했던 것 같다. "에라, 모르겠다." 하고 빨리 수건을 던져 패배를 인정했더라면 차라리 서로에게 좋았을 것이다. 생긴 모양대로 서로의 다름을 인정하면서 말이다. '억지로, 되도록, 너는 그래서는 안 돼, 나는 더욱 그러지 말아야지….' 이런 종류의 말들과 다짐으로 다그치며 살 이유가 없었다. 그러고는 잠깐 인정하기도 했던 것 같다. 나도 변하지 못하면서 누구에게 강요하고 있는지, 이것이 옳지 않다는 생각을 그날을 정리하면서 늘 했던 것으로 기억된다. 하지만 다음 날이면 그 일상은 반복되었다. 그러면서 확신이 생겼다. 초등학교 5학년까지 변하지 않으면 더 이상 그 사람이 바뀌기를 꿈도 꾸지 말고, 특히 나로 인해 변할 것이라는 자만심에서 빨리 벗어나야 한다는 사실을 말이다. 내가 왜 초등학교 5학년이라는 시점을 가지게 되었는지 확실하지 않지만 아마 나름의 합리적인 이유가 있었을 것이다. 주위 사람들을 분석하고 탐색한 결과로 보인다. 지금은 그보다 훨씬 빨라진 나이겠지만 나의 시간에서는 그렇게 정했다.

## 선의의 거짓말은 필요하다

어떤 이유인지 모르지만 나는 거짓말이 싫었다. 거짓말은 또 다른 거짓말을 만들기 위해 몇 곱절의 수고와 노력이 필요함을 알았기 때문이었는지도 모르겠다. 아니면 수학적 능력이 부족해서 거짓에 대한 연산 계산이 굉장히 부담스러울 수도 있었겠다. 하여튼 난 아이들에게 진실만을 말할 것을 강하게 요구했다. 아이들은 정말 기대에 어긋나지 않게 진실이 충만하게 자라 주었다. 행동은 물론이고 감정에게까지도 말이다. 넘쳐나면 모자람만 못하다고 했던가! 지금 딱 그렇다. 행동은 그렇더라도 마음이나 감정에게는 조금 여유로웠으면 한다. 너무 힘든 과제를 아이들에게 안겨주었다는 생각이 수없이 든다. 너를 위해서 모든 것에 꼭 정직할 필요는 없다고 말하지만, 아이들은 너무나 학습이 잘되어 그렇게 하지 못함으로써 입게 되는 상처도 많다. 내 마음 같겠거니 생각하고 순수하게 받아들인다. 오히려 융통성이 없어 보일 수 있는 행동이 더러 생겨난다. 타인에게 피해를 주지 않는다면 자신을 위해서 선의의 거짓말 정도는 하고 살았으면 한다.

## 어떤 핑계는 함께 살 이유를 만들기도 한다

예전에 지인이 남편이랑 헤어지려고 마음을 먹고 집을 나갔는데 도중에 생각하니 주민등록증을 안 가지고 나온 것이 생각나 집으로 다시 돌아왔다고 했다. 아마 그녀는 주민등록증을 핑계로 울고 있을 아이들을 염두에 두었는지 모른다. 우리의 선택에는 핑계가 있다. 그 핑계로 숙제 하나를 내려놓는 대신 무거운 짐 하나를 더 보태어 살아가고 있다. 나 역시도 살아내서 지키기 위한 핑계들이 있었다. 운전면허만 따면 그다음에는 큰 차를 가지게 되면 핑계 없는 삶을 살겠다고 다짐을 하고도 그것들을 가졌음에도 불구하고 다른 핑계를 찾는다. 오히려 나에게는 핑계라는 단어 대신에 희망이라는 말이 적당한지도 모른다. 아픈 희망은 어울리는 말이 아니니 다른 표현을 찾고 싶었던 것인지도 모를 일이다.

타인들이 또는 본인마저도 견디고 사는 일이 힘이 들 때 희망이라는 미래적인 단어보다 핑계라는 솔직한 말에 더 귀를 기울이며 살아보자.

# 나쁜 년이기를 꿈꾼다

언젠가 살면서 사람들은 자신의 손에 쥔 떡을 한 입밖에 먹지 못했는데 타인에게 갈취당하는 어처구니없는 일을 겪을 때가 있다. 처음에는 너무 당혹스러워서 놀라고 두 번째는 나의 부주의에 소심해지다가 결국에는 상대의 당당함에 치욕스럽기까지 하다. 오히려 상대가 미안한 얼굴이라도 한다면, 설사 그 얼굴이 가식이더라도 덜 억울했을 것이라고 말한다. 다른 손에 옮겨진 그 떡은 알지 못할 것이다. 자신이 그 손에서 버려질 때까지 떡으로서의 가치가 대단할 것이라고 오해를 하고 있다. 그러면 떡을 낚아채간 그 손을 용서하지 말아야 하는지 그 떡을 이해해야 하는지 갈림길에 서게 될 것이다. 내 생각에는 떡은 그냥 버리면 된다. 어차피 손을 떠난 떡은 다시 되찾는다고 해도 이미 제 맛을 상실하고 급기야 이상한 냄새까지 날지 모르고 떡으로서의 가치가 없어졌기 때문이다. 그러면 떡을 가져간 손은 용서를 해야 할 것인가에 대한 고민이 생길 수도 있다. 극단적인 생각에 도달하면 적극적인 방법으로는 손목을 잘라버리는 것이고, 소극적으로는 그 손목에 병균이 침투해서 서서히 손의 기능을 상실하기를 바라는 것이다. 세상이 미쳐 날뛰기를 거듭하더니 손에 생긴 병균도 그 뻔뻔함에 세력을 잃어 가기도 한다. 하지만 이 세상이 그나마 땅 위에서 당당하게 설 수 있는 것에는 정의가 있기 때문이라고 믿고 싶어진다. 사람들은 갈망한다. 그 손을 작살낼 위대한 병원균이 생겨주기를.

## 두더지 방망이를 든 사람

우리 놀이 중에서 두더지 잡는 게임이 있다. 어딘가에서 불쑥 고개를 내밀고 나타난 두더지 모양의 인형을 힘껏 내리치는 놀이다. 게임을 하는 사람에게는 스트레스 해소를 위한 놀이겠지만 맞고 있는 그 두더지를 생각하는 이는 드물다. 우리 인생에서도 두더지 역할을 하는 이는 많다. 강한 자 앞에서는 무한정 약해지고 약한 자 쪽에서는 무한히 강한 사람들이 있다. 그들보다 가진 돈이 조금 적고 권력이 약하고 지위가 낮을 뿐인데 그들은 우리가 참으며 묵묵히 견디고 있다는 것을 모르고 그저 무식하고 힘이 약하다고 폄하한다. 그리고 두더지가 고개를 내밀면 바로 내리칠 준비를 하듯 우리에게 생길 오류나 실수를 기다리고 있다가 부끄러운 행동을 한다. 우리는 아무런 말도 하지 않는다. 그의 행동이 부끄러워서지 사실 약해서가 아니다. 똑같은 사람이 되기 싫을 뿐인 것을 그 똑똑한(?) 사람들은 알아차리지 못한다. 그러면 늘 자신이 우리들 우위에 있다는 생각에 오늘도 자신보다 약한 사람들 앞에서 한껏 어깨를 세우고 잘난 척을 하고 있을 게다. 그들은 곧 닥쳐올 미래가 외로움으로 채워질 것을 알지 못한다. 두더지 판에는 많은 수의 두더지가 고개를 숙이고 마주하고 있듯이 그들은 많은 사람들이 뭉쳐서 정을 주고받고 있어 잘난 너보다는 분명 덜 외로울 것이다.

## 선물은 주는 이의 마음에 따라 가치가 달라진다

선물은 주는 이의 마음의 가치에 따라 달라지듯 받는 사람의 마음에 따라서도 달라진다. 나는 그저 평범하게 살기를 원했다. 그래서 '평범하다' 는 의미를 사전에서 찾아보았다. '뛰어나거나 색다른 점이 없이 보통이다' 이 단어에 있는 '보통' 은 특별하지 아니하고 '흔히 볼 수 있음' 으로 해석되어 있었다. '평범' 과 '보통' 이라는 단어는 비슷한 역할을 하고 있는 것 같다. 보통의 날을 보내면서 평범한 선물을 받고 싶다는 것이 적절한 표현이 될 것 같다. 하여간 그 누구도 알아차리지 못하는 날들이 많았으면 좋겠다. 오로지 나를 위한 시간이 많아서 선물을 주는 이의 마음도 헤아리지 않고 나를 위해 선물을 준비하고 싶다. 선물을 보내면서 한껏 자랑하며 거들먹거리는 모습도 싫고, 이 선물로 내가 어떤 마음이 생길지 미리 염려하여 기가 죽은 내 모습도 그저 그렇다. 그래서 어른들이 말하는 현금이 차라리 나을 수도 있겠다 싶다. 선물을 현금화한다는 것이 가능하지 않다고 여긴 적이 분명 있었다. 선물에는 마음이 담긴 정성이 들어가는 것을 필수요건이라 여기고 이것들이 빠져 있는 선물이 무슨 의미가 있나 싶었다. 아마 돈에는 정성이 들어있지 않다고 생각했던 것으로 이해된다. 요즘은 때가 되면 선물업체나 꽃집에서 먼저 챙겨서 보낸다. 정성 따위의 감정은 싣지 않고 있다. 생일이면 꽃 한 송이를 더 보태서 작년과 같은 문장의 카드를. 혹 기념일을 잊어버려 곤란함을 겪을 일을 최소화하고 있다. 미리 디지털 기계들의 알림에서 딩동거린다. 내일이 기념일이며 오늘을 넘기지 말라고 하는 알림에 업체에 전화를 걸어 선물을 준비한다.

## 너는 잘 지내고 있니?

지인 중에 정말로 부지런하고 열정적인 사람이 있다. 아침이면 그분이 속해 있는 밴드에는 좋은 글이 사진과 함께 다소곳이 올라와 있다. 늘 읽으면서 하루도 빠뜨리지 않고 한결같이 정성을 쏟고 있는 것이 그저 감탄스럽고 존경스럽기까지 하다. 그분이 올려 준 글에 "너는 잘 지내고 있니?"라는 말은 "네가 그립다."는 다른 표현이라는 글이 있었다. 그렇다, 분명히 그 감정이 있기도 하다. 또는 반대로 더 이상 관심이 없거나 관계를 끝내고 싶을 때 할 수 있는 말이기도 하다. 상반된 감정이 이 글 속에 들어 있는 것이다. 전자보다 후자의 의미로 이 인사를 건네고 있었던 것으로 보인다. 내가 어렸을 때 동네 어른들을 만나서 하는 인사는 "식사는 하셨어요?", "밥은 먹었는가?"로 시작했다. 이 인사도 그분의 안위가 걱정되기도 하는 반면 그 만남의 어색한 순간을 빨리 모면하고 싶은 부분도 분명 있었다. 시대에 따라 우리는 인사말이 조금씩 또는 많이 변했지만 여전히 인간관계를 자연스럽게 유지하는 방법이다. 나아가 사람에 대한 진솔한 감정이 잘 표현된 말이기도 하다. 오늘 너에게 "잘 지내고 있니?"라고 문자를 보낸다.

## "달이 참 밝네요."

내가 보내 준 문자, "너는 잘 지내고 있니?" 라는 말에 "달이 참 밝네요."라고 답이 왔다. 그 말에 대한 설명이 없었다면 그저 어젯밤 너에게는 달이 고왔구나 생각했을 것이다. 너는 다정하게도 설명을 하고 있었다. 1960년대 일본문학에서는 사랑한다는 직접적인 표현을 하는 것이 문학적이지 못하다는 풍토 때문에 사랑한다는 말 대신 "달이 참 밝네요!"라고 표현했다는 다소 긴 내용을 보내 주었다. 우리는 사랑한다는 말이 모든 것이 가능하다는 것으로 오해하고 살고 있다. 진정한 그 의미를 알고 살고 있는지 늘 의심스러웠다. 언제부터 이 곱디고운 말이 부정적이고 옳지 못한 행동 뒤에도 슬그머니 붙어서 죄책감을 덜어주는 역할을 하고 있었는지 모를 일이다. 지나간 시대의 사람들은 감정이 다소 난해한 부분이 있기는 하지만 적어도 낭만이라는 정이 있었다. 그들의 삶 속에는 위트와 여유가 함께 자리하고 있었다. 그들이 사는 세상이라고 각박하지 않고 녹록하지 않을 수 없었겠지만 그들 세상에는 느림의 미학이 존재했던 것으로 보인다. 너무 빠르게 지나쳐서 그저 바라보는 것이 아니라 그들은 눈을 맞추어가며 들여다보며 살지 않았을까 싶다. 그래서 사랑한다는 직접적인 표현보다 온 우주를 두루 살피고 있는 달에게 감정을 주었던 것 같다.

## 남을 평가하지 마라

내가 누구인지 무엇인지 어떤 사람인지 정확하게 알지 못하면서 감히 너를 어떻게 평가할 수 있는지 모르겠다. 인간이 가진 탁월한 능력이다. 나는 나를 파악하는 것이 힘들지만 너는 알 수 있다는 오만함이 우리 인간에게 주어진 악의 하나의 형태 같다. 나아가 나도 알 수 있지만 나에게는 무한사랑과 관대함이 있어 "나를 돌아보는 따위는 하지 않겠어!"라는 강한 집념의 결과이기도 하다. 하지만 너는 깨뜨리고 말겠다는 치졸한 욕구가 솟아오르는 것 같다. 그래서 옛 조상들이 인간은 태어날 때부터 악하다고 주장을 했나 싶기도 하다. 아마도 그들은 자신이 가진 거울이 없어서 그런가 보다. 내 얼굴에 묻은 것은 거울을 통하거나 남들이 이야기하지 않으면 모르고 하루 종일 붙이고 다닌 적이 있을 것이다. 솔직히 남이 이야기해서 얼굴에 묻은 것을 지워내는 것에는 약간의 민망함과 부끄러움이 있다. 우리는 이것 마저도 지적이라고 생각해서 싫다고 느끼기도 한다. 그러면서 감히 남에게는 하기 쉬운 말이라고 아무렇게 평가하고 무시한다. 다시는 살아있는 동안 만나고 싶지 않을 만큼을 모욕을 주면서도 그는 알지 못한다. 다음 날이면 아무렇지 않은 얼굴로 생글거리며 내 앞에 나타난다. 네게는 더 많은 잘못과 모순이 존재하지만 나는 네가 가진 거울을 한 번씩 들여다보기를 간절하게 바랄 뿐이다. 사람은 지적을 당한다고 해서 쉬이 고쳐지는 것이 아니라는 것을 너무나 잘 알고 있기 때문이다. 그러니 부디 남을 아프게 하지 마라. 그것도 너의 죄가 되어 차곡차곡 쌓인다.

## 나는 말 잘하는
## 달란트가 없다

사람은 누구나 각자의 몫이 있다고 한다. 행복의 몫, 성공의 몫 등 누구에게나 존재하지만 모르고 지나고 있을 뿐이란다. 달란트 역시 개인마다 다르다. 나는 애초부터 말을 잘하는 능력은 부족한 듯 보인다. 경상도라는 지역적인 특색을 전혀 무시하지는 못하겠지만 그래도 그것보다는 나에게 선천적으로 없는 것이다. 공부를 하면서도 공부를 마치고서도 말하는 재주는 생겨나지 않았다. 노력에도 큰 변화는 일지 않았다. 가장 부러웠던 것은 한 마디면 끝나는 말을 그들은 수많은 단어와 어휘로 표현을 한다는 것이다. 예를 들어 반가운 사람을 만나면 '반가워요!' 한마디 더 붙이면 '보고 싶었다' 정도에서 난 벌써 인사를 끝내고 다른 이가 긴 인사를 건네는 모습을 보며 감탄을 하고 있다. 그들의 긴 미사여구에 진실이 얼마나 있을지 모르지만 어색한 분위기를 치워내고 기분을 좋게 한다는 것은 사실이다. 서로의 얼굴을 대면하는 지루한 시간을 그들만의 달란트로 재미나게 만들어 낸다. 이 또한 그들의 탁월한 능력임을 인정하면서도 사실 정말 부럽다.

## 술이 건네는
## 편한 세상

술을 마신 사람들 아니 술을 마시고 실수를 한 사람은 언제나 어제 일이 기억나지 않는다고 말한다. 늘 궁금했다. 진짜로 기억이 없는 것인지 아니면 없는 척하는 것인지 도대체 알 수가 없다. 그렇다면 술을 먹으면 실수를 해도 된다는 명제가 성립될 수 있다. 하고 싶어도 참고 있던 말, 그리고 부당해서 부적절해서 미루고 있었던 행동을 모두 기억이 나지 않는다는 이유로 함부로 마구 쏟아내도 된다는 것인가! 아쉽게도 나는 술을 전혀 하지 못하는 불행한 인생을 살고 있다. 그래서 술 취한 사람들처럼 하고 싶다고 마음대로 억지를 부릴 수도 없고 부적절한 행동은 더욱더 할 수가 없다. 술을 마시고 취할 수 있는 사람들은 내가 보기에 세상을 편하게 사는 행운아 같다. 술 마시고 한 말이나 행동을 실수라고 리셋할 수 있는 편리함이나 무책임이 선물로 따라온다. 살면서 술이 주는 알싸한 맛을 전혀 알 수 없을 것이며 술이 맛있다는 말을 이해하지 못할 것이다. 술을 건네는 세상 속에는 내가 없다. 술이 없는 진지한 세상에서 살아가는 나로서는 술 취한 세상에서 편하게 한번 살아 보고 싶다.

## 거짓말을 하게 만드는 사람

사람들 사이에 오고 가는 말은 적어도 진실이 중심에 있어야 한다. 진실에 눈을 감아 버리는 이가 있다. 타인의 말은 다 그르고 자신의 이야기만 옳다고 주장하거나 타인의 의견은 결국 모순이나 핑계라고 일축하는 사람이 있다고 하자. 우리는 그 사람을 만날 이유가 없거나 혹 마주치게 된다고 해도 그 사람을 피해서 갈 것이다. 살면서 이런 사람은 되지 말자고 한다. 하지만 일부의 사람들은 이런 부류의 삶을 산다. 물론 자신은 알지 못한다. 늘 본인은 화재의 중심에 있어야 하며 늘 이야기를 이끌고 있다고 생각한다. 아마도 그는 많은 이야기를 끝내고 돌아설 때의 허한 마음을 알지 못하는 모양이다. 내 속의 많은 이야기가 타인의 귓속으로 묻혀 들어갈 때 그들이 보내는 시선을 알아차리지 못한다. 제 이야기에 풍덩 빠져서 다른 이의 마음을 전혀 헤아리지 못한다. 그 이야기 속에는 진실보다 진실이라고 믿는 오류들이 더 많을 것이다. 그래서 아무렇지 않게 자신의 이야기며 타인의 이야기를 할 수 있는 것이라는 생각이 든다. 그러면 나는 그에게 굳이 진실만을 말해야 하는지 모르겠다. 만나게 되는 상황이 오면 나는 거짓말을 하게 될지 모른다.

## 중년에 떠나는 여행

초등학교 모임에 총무를 맡고 있다. 우리는 초등학교 세대가 아니라 국민학교로 불리던 조금은 먼 과거의 삶들이다. 몇 해 전부터 모임에서 해외여행을 가자는 안건이 있었다. 하지만 이런저런 이유로 미루어지다가 중년 나이의 여름에 홍콩으로 여행 일정이 잡혔다. 의견을 모으고 반강제로 일을 추진했다. 의견이나 질문에 별다른 반응도 없었고 일일이 의견을 묻고 있자니 시간도 없었다. 물론 그들은 중년이라는 나이에 바빴고 의견에 무뎌져 있었다. 그렇게 해서 떠나는 날 여자 친구들의 남편들이 배웅을 나왔다. 나 또한 남편과 더불어 삼촌까지 배웅을 나와서 본의 아니게 진한 이별을 했다. 남편들의 표정이 너무 밝다는 농담을 하고는 한바탕 웃었다. 공항에서 친구들을 챙기고 여행지에서 다른 친구들보다 한 발짝 먼저 걷는 수고는 했지만 우리는 늘 웃었다. 물론 서운하고 불편한 점이 없지는 않았을 것이다. 내가 살면서 다른 사람 눈치 보지 않고 가식 없이 소리 내어 웃어 본 적이 얼마나 있었던가 싶다. 중년에 떠나는 친구들과의 여행을 권하고 싶다.

## 좋은 일이 생기기 위해 오늘도 웃는다

사람이 살아가는 일이 늘 좋은 일만 있는 것은 아니다. 때로는 우는 일이 더 많고 괴로워서 죽을 것 같은 날이 더 많다. 하지만 운다고 해결되는 일은 없었다. 죽어서도 일이 해결되는 것이 아니라 그저 끝나는 것에 불과하다. 오로지 내가 해결해야 하는 일이다. 그렇다면 우리는 슬퍼도 괴로워도 웃어야 하는 캔디가 되어야 하는 일이 더 많다. 나로 인해서 나를 지켜주는 사랑하는 이들도 함께 힘든 무게를 지고 앞으로 나아가야 하는 일이 생긴다. 자신의 무게에도 짓눌려 허리를 제대로 펴지 못하고 아주 조금씩 물러서는 일을 늦추고 있을 뿐인데 적어도 그들을 위해 궁극적으로 나를 위해 오늘은 그냥 웃어 본다. 그러면 말처럼 정말 우연하게 웃을 일이 생기지 않을까 싶다. 힘을 다해 배꼽이 빠지도록 웃어보고 다시 고민하자.

## 별명대로 살게 된다

내가 존경하는 나의 지인은 내게 무수리라는 별명을 주셨다. 그분이 볼 때는 솔선수범하여 남들을 챙기고 몸을 분주하게 움직이는 모습이 좋아 보였던 것 같다. 나도 굳이 그 별명이 싫지 않았다. 그분이 나를 업신여겨 지어주신 별명이 아니라는 것을 잘 알고 있었고 그분의 의중을 모르는 바도 아니었다. 나의 별명이 지어진 날부터 일에서 벗어나는 일이 없게 되었다. 우연히 그때쯤 전원주택을 지어 이사를 하게 되었고 그리고 많은 일들이 생겼다. 너무 힘이 들면 그분께 내 별명에 문제가 있으니 황후나 다른 이름으로 불러 달라고 억지를 부리기도 했다. 물론 나는 아직 무수리다. 임금님의 은혜를 입어 빈이라도 되어볼까 생각 중이다. 무수리로 불리는 동안 또 다른 일들로 몸살을 치루고 있을 것이다. 별명대로 산다고 내가 딱 그렇다.

## 기다려서 함께 걷기

사람마다 걸음의 속도는 다르다. 어떤 사람들은 겨드랑이에 날개를 달았는지 날아가는 것처럼 빠른 속도를 내고 또 어떤 이는 길옆에 핀 들꽃을 보느라 정신이 팔려 거북이걸음을 걷는다. 혼자 걷는 길에는 주위를 둘러보고 세상 구경을 해도 좋고 사색에 젖어 빈 의자에 한동안 머물러도 상관없다. 하지만 누군가와 동행하여 한 방향을 향해서 걷는다면 내 생각에만 머물러서는 안 된다. 빠른 걸음이면 간혹 멈추고 기다려서 함께 걸어야 할 것이며 느린 걸음이면 종종걸음으로 보폭을 맞추며 걸어야 한다. 때로는 기다림이 지루하고, 종종걸음이 가쁜 숨을 몰아쉬게 해서 머리가 아프지만 함께 걷기 위해 서로에게 양보해야 한다. 인생의 길고 긴 길에서 혼자라는 외로움을 버텨 낼 자신이 있다면 마음대로 발길대로 걸으면 되겠지만 나의 이야기를 듣고 웃어 줄 친구라도 함께 가기를 원한다면 기다리고 참아서 함께 그 길을 걸어보자.

# 늘 받는 것에 익숙한 사람들

사람들의 관계는 정으로 이루어진다. 우리는 일방통행만 있는 관계는 곧 끝날 것을 안다. 혹 지속되더라도 진심은 이미 없어지고 가식만 한 방향으로 흐르고 있을 것이다. 양방향의 흐름이 사람 사이를 돈독하게 하고 정으로 어울림을 만든다. 너는 받는 것에 이미 익숙해져서 받고 있다는 사실조차 알아차리지 못한다. 그들은 줄 것에 대해 미리 걱정한다. '너는 이것은 싫어할 것이고 저것은 좋아하지 않을 것이며….' 구구절절한 이야기를 풀어 놓는다. 언제 그들이 내게 물어본 적이 있었나? 내가 무엇을 하고 싶어 하고 가지고 싶어 하는지 말이다. 나는 그들의 생각을 읽고 있지만 늘 그렇듯 내가 가진 것을 또 나누어 준다. 물론 진심은 없다. 그냥 시끄러운 말이나 어색한 분위기가 싫을 뿐이다. 받는 것에 익숙한 그들은 전생에 나라를 구했나 싶다.

## 우리는 동지다

잘못을 저지르게 되면 자신은 알고 있다. 잘못에 대한 후회와 반성, 그리고 상대의 비난이 있을 것을. 물론 자신의 잘못이 명백함에도 불구하고 인정하지 않는 이들도 많다. 나는 내가 한 잘못에 대해 비난받을 준비가 되어 있다. 타인의 잘못마저도 내가 비난을 받아야 하는지는 사실 잘 모르겠다. 나 자신의 잘못이 아니라 내 형제, 부모, 자식, 나아가 친구 친척들의 잘못까지 늘 나의 몫이었다. 나는 과거나 전생에 나라를 팔아먹은 대단한 사람이었던 것 같다. 아니면 내가 이 세상의 모든 잘못에 책임을 질 이유는 없어야 하는 것이 아닌가 싶다. 나는 누군가의 잘못에 고개를 함께 숙이는 동지임에 확실하다. 며칠 뒤에 태풍이 오면 그것도 내 잘못인가 싶다.

## 미안하다는 말은
## 기분 좋을 때 하는 말이 아니다

미안하다는 말이 올라와 있다. 지금 이 시점에 어울리는, 꼭 해야 하는 말인가 생각하게 된다. 아마 일방적으로 기분이 좋아져 분위기 파악하지 못하고 죄책감이나 미안함 없이 한글을 올려놓은 것 같다. 세종대왕님이 이 한글을 이렇게 사용하라고 만드시진 않았을 진대, 아마 한글을 만드신 이유인 백성을 어여삐 여겨서라는 말을 아주 유용하고 적절하게 사용하고 있는 것처럼 보인다. 비합리적인 이유로 화를 낸 것에 대한 미안함이 존재하기는 하는 것인지, 아니면 관계를 지속하기 위한 의도가 있는지 한참을 생각하게 된다. 굳이 지속할 이유도 없으니 그렇게 일방적으로 화를 내고 있는 것으로 판단한다. 미안하다는 말이 그 사람에게 존재해야 할 이유를 알지 못하겠다. 늘 자신이 세상을 다 안다고 생각하는 사람에게 굳이 미안한 마음이 존재하려나!

## 거짓이
## 진실인 것처럼 행동한다

사람들은 진심은 어디에 두고 와서 저렇게 거짓말을 늘어놓고 있는 것일까? 혹여나 진실이 부패되는 것이라 자기 집 냉장고 속에 두고 나왔나! 거짓도 금방 드러나지 않는 것도 있다. 진실이 생각날 때 아니 꼭 필요할 때 냉장고에서 빼 온다. 하지만 거짓이 거짓을 더해서 크기와 무게는 본인이 의도치 않았는데도 이미 커져 있다면 어떻게 진실을 대입시킬 수 있을지 걱정이 된다. 하지만 그들은 진실이 모든 것을 덮어 준다고 생각한다. 아니 거짓을 진실처럼 잘 꾸미는 재주가 있다. 그러고는 거짓에게 삼켜진 진실을 망각하고 살게 된다. 그러면서 그들은 사람들을 향해 비난을 쏟아낸다. 거짓말투성이라 믿을 수 없다고 말이다. 그들에게 무엇이 진실이고 거짓인지 설명하기에는 이미 늦어버렸다.

## 나를 중심으로
## 돌고 있는 세상

지구는 태양을 중심으로 돌고 있다. 태양이 우주의 중심을 이루고 있듯이 누군가는 모든 사람의 중심에 본인이 있다고 생각한다. 그 중심에서 벗어나는 자신을 이해하지 못하고 중심에게서 이탈하는 개인도 용서하지 못한다. 과거에도 현재에도 미래에도 늘 그 사람은 사람들의 중심에 있어야 안정이 되는 사람이다. 그런데도 세상의 중심에 있는 사람들은 무수하게 역할이 바뀌거나 사람들의 욕을 먹는다. 대부분 우리네 평범한 사람들은 자신이 주어진 자리에서 그저 묵묵히 역할에 충실한다. 내가 중심이든 아니든 크게 영향을 받지 않고 내가 사랑하는 사람들과 행복하기를 바란다. 그 중심에서서 힘겹게 무게를 버티고 견뎌내는 시간에 그들은 소소한 행복의 중심이 되기를 과감하게 선택한다. 그들이 모자라고 부족해서 세상의 중심을 거부하는 것이 아니라 오히려 세상의 이치를 알고 정확하게 파악하고 있는 것이다. 세상에 독불장군처럼 혼자 서기보다 여럿이 함께하는 세상이 덜 외롭고 소중하다는 것을 너무나 잘 알고 있는 현명한 사람들이다.

## 사람이 그립다

태양이 아스팔트와 사람을 번갈아 가며 눈짓을 한다. 그 눈짓에 우리는 금방이라도 태워져 버릴 것 같다. 피부가 따끔거리더니 겨우 얼음물로 진정이 되었나 싶었는데 반복에 익숙해져서 피부가 무뎌 가고 있는 것이었다. 사람들도 익숙한 관계가 되면 친절보다 불친절이 많아지고 소통보다 불통이 많아져서 안 보고 지내고 싶은 날들이 많아진다. 익숙하면 더 좋은 관계가 되어야 하지 않을까 하고 억지로 좋은 생각을 하려고 노력해 본다. 그래도 익숙함이 주는 가벼움으로 서로에게 상처가 된다. 사람 사이를 지속 가능하게 해 주는 것은 이별이라는 처방이 있기 때문이다. 떨어져 있어 간혹 보고 싶을 때도 있어 한 번쯤 관계를 회복하기 위한 시간을 갖는 것이 아닐까 생각된다. 관계회복이 필요 없이 변하지 않는 사람이 있다. 자신의 동굴에서 자신의 소리 울림이 전부라고 생각하고 그 동굴을 벗어나지 못하는 사람은 그 어떤 처방도 그 관계를 회복시켜 주지 못한다. 남의 탓과 남을 비난하는 것에 익숙해져 그 사람은 본인은 알지 못하지만 모든 사람들을 다 알고 있다고 생각한다. 그럼에도 불구하고 다시 한번 속아보기로 한다. 혹 사람에 대한 그리움이 자신이 가진 편견이나 고집을 꺾을 수 있는 시간이 오기를.

## 내 삶에는 늘 태풍이 함께했다

늘 태풍이 함께했다. 언제나 거센 비바람과 높은 파도가 있었다. 그 후 부서진 것들이나 사라진 것들은 모두 나의 몫이었다. 내 탓으로 보낸 세월에 다른 사람을 의심하지 않았다. 관여하지 않은 모든 일들이 언제나 내 잘못이라고 생각했다. 사람들의 부당한 외침을 잘못이라고 말할 용기도 내게는 없었다. 사람들의 지나친 말이나 행동이 나를 나락으로 빠뜨렸고, 내 삶을 황폐한 지옥으로 만들었다. 거센 파도 속에 나를 밀어 넣고 있었다. 그런 사이 태풍은 온전히 나의 것이 되었다. 언제부턴가 사람의 영역 밖의 일도 내 탓으로 여기는 버릇이 생겼다. 사람의 모습은 사라지고 나는 하루살이처럼 본능에 충실했고 동물적인 감각에 더 의존하게 되었다. 먹고 자는 일 등 단순한 일에. 어느 순간 사람이 되고 싶어졌다. 나를 바라보고 스스로 웃는 온전한 나의 일상을 갖고 싶었다. 태풍이 지난 자리는 조용한 햇살이 바람을 배웅하는 평온한 모습이다. 하루하루도 평온하게 불어 살랑거리는 바람이 콧잔등을 스치면 그 바람을 마음껏 즐기기 위해 커피 한 잔을 들고 여유를 즐기고 싶다. 나이 오십을 훌쩍 넘기고도 아직 눈치를 보고 있는 내가 참 한심하다.

## 사랑한다는 말은
## 잘못을 용서해 달라는 말이다

사람의 관계에서 사랑한다는 말 이상의 좋은 말은 없다. 나는 너를, 너는 나를 사랑한다는 말은 지구에 머물지 않고 우주로 나아가게 하는 원동력이 되며 사람들에게는 한계를 극복하게 만드는 말이 되었다. 그런 말이 나에게는 "사람들의 잘못을 아무 불만·불평 없이 모두 이해해야 한다."는 의미이기도 하다. 실수 뒤에 '사랑한다' 는 말을 진심으로 할 수 있을까 싶어 내가 알고 있는 사랑의 의미는 그때부터 변질이 되었다. 내 입에서는 사랑한다는 말이 나오지 않았다. 그 말이 감금되어 사형된 지 꽤 많은 시간이 흘렀다. 그 말을 하지 않는다고 해서 불편한 것도 아니었다. 불평과 약간의 건조함과 미래에 대한 기대감이 없을 뿐 사는 것에는 전혀 지장이 없었다. 사랑한다는 말보다 다른 말에 더 감동받는다. 보고 싶다는 말, 보기에도 아깝다는 말, 웃고 지내라는 그 흔한 말에 더 설레고 기분 좋다.

## 행복하다고 말하면 진짜로 행복해진다

우리는 스스로에게 주문을 건다. 무엇인가 부족하다고 느낄 때면 주문은 더욱 절실해진다. 큰 파도를 넘기면 잔잔하고 평온한 바다가 있었고, 그것으로 큰 파도의 험난함은 잊어버릴 수 있었다. 그리고 누군가는 겪을 일을 나도 겪는 것뿐이라고 생각하고 더 힘든 일이 생기지 않았음에 감사하고 살았다. 주어진 삶을 살았고 그래서 후회는 별로 없다. 나름 최선의 방법으로 세상과 어울려 살아 온 내가 대견스럽기도 한다. 내 인생이 왜 그럴까? 하고 고민 없이 산 것은 아니다. 이제 이렇게 나이를 먹고 보니 그렇게 대단한 일도 또 그렇게 사소한 일도 없어 보인다. 내가 갖고자 하는 일이 생기면 욕심이 생긴다. 현재의 삶을 유지하고 미래를 살아갈 수 있도록 하는 힘이 이 욕심에서 비롯되기도 한다. 지나친 욕심은 화를 데리고 오지만 적당한 욕심은 힘을 갖게 만든다.

사는 이유와 살아가는 이유를 만들어 방법을 찾고 힘을 보태어 준다.

## 불평과 한숨이
## 관계를 멀게 만든다

나는 불평에 그리고 한숨에 익숙해지고 무뎌질 수 있으리라 여겼다. 이는 익숙해지는 것이 아니라 감정을 포기하는 것이었다. 그리고 대화는 건조해지고 거리는 좁혀지지 않고 한 걸음씩 뒷걸음으로 더욱 멀어졌다. 늘 불평과 불만, 한숨으로 힘들다고 외치는 사람들은 무엇이 그토록 힘들다고 하는 것일까? 모든 잘못된 일은 다른 사람 탓으로 돌리고, 하고 싶은 말은 참지 못하고 다른 사람의 감정에는 아랑곳하지 않고 다 쏟아내고 사는데 힘들다고 말한다. 그렇게 지구가 본인 중심으로 돌고 있는데 자신의 감정에 너무나 충실한 사람도 힘든 세상임에도 불구하고 난 이 어려운 세상에 홀로 버티고 싸우고 지탱하고 있다. 그럼에도 나도 살아가고 있는데 아직도 내 앞에서 사람들은 힘들고 외롭다고 이야기한다.

# 괜찮은 척 살아가는 거지
# 괜찮은 사람은 없다

발행 | 2023년 11월 20일

지은이 | 정숙자

펴낸곳 | 도서출판 학이사
출판등록 : 제25100-2005-28호
주소 : 대구광역시 달서구 문화회관11안길 22-1(장동)
전화 : (053) 554~3431, 3432
팩스 : (053) 554~3433
홈페이지 : http : // www.학이사.kr
이메일 : hes3431@naver.com



ISBN 979-11-5854-466-9 03810